ラモーナは豆台風

ベバリイ・クリアリー作

松岡享子 訳

ルイス・ダーリング絵

RAMONA THE PEST

ラモーナは豆台風

ベバリイ・クリアリー作
松岡享子訳
ルイス・ダーリング絵

ラモーナは豆台風《まめたいふう》

もくじ

RAMONA the pest
by Beverly Cleary

Interior illustrations by Louis Darling
Published by arrangement with
Harper Collins Children's Books,
a division of Harper Collins Publishers,Inc.,New York
through Tuttle-Mori Agency,Inc.,Tokyo

表紙デザイン・山口はるみ

1

ラモーナの待《ま》ちに待《ま》った日《ひ》

「あたし、どうしようもない子《こ》じゃないよ」と、ラモーナは、おねえさんのビーザスに向《む》かっていいました。

「じゃ、どうしようもない子《こ》みたいなまねすんのやめなさいよ」と、ビーザスがいいました。

ビーザスのほんとうの名《な》まえは、ビアトリスといいます。ビーザスは、窓《まど》のところに立《た》って、友《とも》だちのメリージェインが、さそいにきてくれるのを待《ま》っていました。いっしょに学校《がっこう》へ行《い》くのです。

「あたし、どうしようもない子《こ》みたいなまねしてないもん。お歌《うた》うたって、スキップしてるだけだもん」と、ラモーナはいいました。

ラモーナは、つい最近《さいきん》、両足《りょうあし》を使《つか》ってスキップできるようになったのです。ラモーナは自分《じぶん》のことを、どうしようもない子《こ》だとは思《おも》っていませんでした。ほかの人《ひと》たちがなんといおうと、自分《じぶん》では、けっしてそうではないと思《おも》っていました。自分《じぶん》のことをどうしようもない子《こ》だというのは、みんな自分《じぶん》より大《おお》きい人《ひと》ばかりです。だから、そんなふうにいうのです。

ラモーナは、歌《うた》とスキップをつづけました。

「きょうは、いい日《ひ》。いい日《ひ》、いい日《ひ》!」と、ラモーナはうたいました。

いつもの遊《あそ》び着《ぎ》でなく、ちゃんとしたワンピースを着《き》せてもらって、大《おお》きくなったような気《き》がしているラモーナにとって、きょうは、ほんとうによい日《ひ》でした。生《う》まれてから今《いま》までのうちで、いちばんすばらしい日《ひ》といってもいいかもしれません。きょうからは、もう、三輪車《さんりんしゃ》にすわって、ビーザスや、ヘンリー・ハギンズや、そのほか、この近所《きんじょ》の男《おとこ》の子《こ》や女《おんな》の子《こ》が学校《がっこう》へ行《い》くのを、だまって見《み》ていなくてもいいのです。きょうからは、自分《じぶん》も学校《がっこう》に行《い》く*のです。きょう、学校《がっこう》へ行《い》ったら、読《よ》むことや、書《か》くことや、そのほかビーザスの習《なら》ったことを全部習《ぜんぶなら》って、ビーザスに追《お》いつくのです。

「早《はや》くう、ママ！」ラモーナは、歌《うた》とスキップをちょっとやめて、おかあさんをせきたてました。「早《はや》く行《い》かないと、おくれるよ。」

「そんなにせっつくんじゃありません、ラモーナ」と、おかあさんはいいました。「まだまだ、たっぷり時間《じかん》はあります。」

*学校《がっこう》に行《い》く……ラモーナは、グレンウッド小学校内《しょうがっこうない》にある幼稚園《ようちえん》に通《かよ》うことになった。

「あたし、せっついてなんかいないもん」と、ラモーナは抗議《こうぎ》しました。

いつだって、せっついたりしたおぼえはありません。ただ、おとなみたいにぐずぐずしていないだけです。ラモーナは、待《ま》てないのです。この世《よ》の中《なか》には、おもしろいことがこんなにいろいろあるのですもの。じっとしてなんかいられません。次《つぎ》に何《なに》がおこるか、急《いそ》いで見《み》ないではいられません。

このとき、メリージェインがやってきました。

「おばさん、ビーザスとわたしとで、ラモーナを幼稚園《ようちえん》につれていったらいけませんか？」と、メリージェインがききました。

「だめっ！」ラモーナが、そくざにこたえました。

メリージェインは、なにかというと、すぐおかあさんぶって、ラモーナをあかちゃんあつかいしようとする子《こ》なのです。生《う》まれてはじめて学校《がっこう》へ行《い》く日《ひ》に、あかちゃんあつかいされてたまるものですか。

「あら、どうして？」と、おかあさんは、ラモーナにききました。「ビーザスと、メリージェインと、三人《にん》で学校《がっこう》へ行《い》けばいいじゃありませんか――大《おお》きい女《おんな》の子《こ》みたいに。」

「だめったら、だめっ。」

ぜったいにその手《て》にのるもんか――と、ラモーナは思《おも》いました。うちを出《で》れば、メリージェインは、すぐおかあさんぶるにきまっています。あの、ばかみたいにあまったるい声《こえ》を出《だ》して、なんのかのと話《はな》しかけ、道《みち》をわたるときには、ラモーナの手《て》をひいてわたろうとするにきまっています。そんなことをされたら、みんなから、ほんとうにあかちゃんだと思《おも》われてしまいます。

「いいじゃないの、ラモーナ」と、ビーザスがたのむようにいいました。「あたし、あんたをつれていって、幼稚園《ようちえん》の先生《せんせい》に紹介《しょうかい》したいわ。おもしろいんだもん。」

「だめっ！」ラモーナは、足《あし》をふみならしました。

そりゃ、ビーザスやメリージェインにはおもしろいかもしれません。でも、自分《じぶん》はいやです。ちゃんとしたおとなの人《ひと》につれていってもらうのでなければ、ぜったいにいやです。もし、それがだめだったら、ひっくりかえって、ものすごい声《こえ》でわめきたててやる。今《いま》までの例《れい》だと、ラモーナがひっくりかえって、ものすごい声《こえ》でわめきたてると、たいていのことは、思《おも》うようになりました。うちのなかでいちばん年《とし》が小《ちい》さく、近所《きんじょ》でもいちばん年《とし》が小《ちい》さい

女《おんな》の子《こ》にとっては、この種《しゅ》の実力行使《じつりょくこうし》は、たびたび必要《ひつよう》でした。

「いいわよ、わかったわ、ラモーナ」と、おかあさんはいいました。「いいから、ひっくりかえってわめいたりしないでちょうだい。おまえがそういう気《き》なら、なにも、むりにおねえさんたちといっしょに行《い》かなくてもいいわ。おかあさんがつれてってあげます。」

「早《はや》く早《はや》く、ママ。」ラモーナは、さきに出《で》ていくビーザスとメリージェインを見《み》おくりながら、うれしそうにいいました。

けれども、ラモーナが、やっとおかあさんを外《そと》へひっぱりだすと、がっかりしたことに、おかあさんの友《とも》だちのケムプさんのおばさんが、息子《むすこ》のハーウィをつれ、その妹《いもうと》のウィラジーンをベビーカーに乗《の》せて、こちらへやってくるのが見《み》えました。

「ママ、早《はや》く早《はや》く」と、ラモーナはおかあさんをせきたてました。ハーウィといっしょになるのが、いやだからです。おかあさんどうしが友《とも》だちなので、ほんとうは自分《じぶん》も、ハーウィとなかよくしなければいけないのでしたが……。

「あら、おはようございます！」向《む》こうから、ケムプさんのおばさんが、声《こえ》をかけました。こうなれば、待《ま》たないわけにはいきません。

ハーウィは、ラモーナを、じろっとにらみました。ラモーナがハーウィといっしょにいたくないと思《おも》っている以上《いじょう》に、ハーウィのほうでも、ラモーナといっしょにいたくないと思《おも》っているようでした。

ラモーナは、負《ま》けずににらみかえしました。

ハーウィは、からだつきのがっしりした子《こ》で、髪《かみ》の毛《け》は、きれいにカールした金髪《きんぱつ》でした。――「これが女《おんな》の子《こ》だったらいいんだけど、男《おとこ》じゃなんにもなりませんわ」と、ハーウィのおかあさんは、よくいっていました。――ハーウィの新《あたら》しいジーンズのすそは、おりかえしてあり、きょうは、そでの長《なが》い新《あたら》しいシャツを着《き》ていました。

ハーウィは、きょうから学校《がっこう》へ行《い》くことを、これっぽっちもよろこんでいないようでした。だから、ハーウィっていやなんだ、とラモーナは思《おも》いました。ハーウィときたら、どんなことでも、よろこんだり、はしゃいだりしたためしがないのです。

それに、まわりにはおかまいなしのウィラジーン。ラモーナは、この子《こ》には興味《きょうみ》をもっていました。いつも、そこらじゅうべたべたにしていたからです。今《いま》も、ぐちゃぐちゃしたラスクの食《た》べかすを、プーッとはきだしては、自分《じぶん》でそれがうれしいらしく、キャッキャッと、わらっていました。

「きょうから、うちのあかちゃんも、わたしの手《て》をはなれますわ」と、ラモーナのおかあさんが、ほほえみながらいいました。

この小《ちい》さな一団《いちだん》は、クリッキタット通《どお》りを、グレンウッド小学校《しょうがっこう》に向《む》かって、進《すす》んでいきました。

ラモーナは、おかあさんに、あかちゃんあつかいされるのはすきでしたが、人《ひと》の前《まえ》――ことに、ハーウィの前《まえ》――で、あかちゃんよばわりされるのは、いやでした。

「早《はや》いわねえ、大《おお》きくなるの」と、ケムプさんのおばさんがいいました。

どうして、おとなは、いつも、子《こ》どもが早《はや》く大《おお》きくなる、早《はや》く大《おお》きくなるというのでしょう。ラモーナには、さっぱりわかりません。ラモーナにしてみれば、大《おお》きくなるのは、この世《よ》の中《なか》でも、いちばんのろのろしたことでした。クリスマスがくるのを待《ま》つより、まだ時間《じかん》がかかります。幼稚園《ようちえん》に入《はい》ることだけでも、もう何年《なんねん》も待《ま》っていたのです。しかも、いよいよ幼稚園《ようちえん》まであと半時間《はんじかん》という今《いま》が、いちばん時間《じかん》のたつのがおそい気《き》がしました。

一行《いっこう》が、グレンウッド小学校《しょうがっこう》にいちばん近《ちか》い交差点《こうさてん》まで来《く》ると、うれしいことに、ちょうど、ビーザスの友《とも》だちのヘンリー・ハギンズが、そこの交通当番《こうつうとうばん》をしていました。ラモーナは、ヘンリーのあとについて、道《みち》をわたると、すぐ幼稚園《ようちえん》のあるほうにとんでいきました。

幼稚園《ようちえん》は、仮《かり》の木造《もくぞう》で、幼稚園《ようちえん》だけの運動場《うんどうじょう》がついていました。ドアは、あいていて、おかあさんにつれられた子《こ》どもたちが、もう次《つぎ》つぎと中《なか》に入《はい》っていました。こわそうにしている子《こ》もあり、泣《な》いている女《おんな》の子《こ》も一人《ひとり》いました。

「おくれたよう！」と、ラモーナは、大声《おおごえ》をあげました。「早《はや》くう！」

ハーウィは、せきたてられても、ぜんぜん急《いそ》ぎません。

「三輪車《さんりんしゃ》がないね」と、ハーウィは、不満《ふまん》そうにいいました。「砂場《すなば》もないんだね。」

ラモーナは、なんてばかなんだろう、といわんばかりにハーウィを見《み》ました。

「ここは、保育園《ほいくえん》じゃないんですからね。三輪車《さんりんしゃ》や砂場《すなば》があるのは、保育園《ほいくえん》じゃないの。」

ラモーナ自身《じしん》の三輪車《さんりんしゃ》は、車庫《しゃこ》にかくしてありました。もう、学校《がっこう》へ行《い》くようになったのですから、あんな子《こ》どもっぽいものに用《よう》はありません。

一年生《ねんせい》の男《おとこ》の子《こ》たちが、何人《なんにん》かかけてきて、

「幼稚園《ようちえん》のあかんぼ！　幼稚園《ようちえん》のあかんぼ！」と、はやして通《とお》りすぎました。

「あかんぼじゃないわよっ！」ラモーナは、負《ま》けずにどなりかえし、おかあさんのさきに立《た》って、どんどん幼稚園《ようちえん》の中《なか》に入《はい》りました。

けれども、いったんへやの中《なか》に入《はい》ると、ラモーナは、おかあさんのそばに、じっとくっついていました。何《なに》もかも、はじめてのものばかりで、見《み》るものがいっぱいありました。小《ちい》さなテーブルといす。いくつもならんだ戸《と》だな。――その戸《と》の上《うえ》には、一まい一まいちがった絵《え》がはってありました。――おもちゃのガスレンジ。上《うえ》に立《た》てるくらい大《おお》きいつみ木《き》。

幼稚園《ようちえん》の先生《せんせい》は、今度《こんど》はじめてグレンウッド小学校《しょうがっこう》へ来《き》た女《おんな》の先生《せんせい》で、とてもわかくて、きれいな人《ひと》で、まだおとなになってから、あまり間《ま》がないような人《ひと》でした。先《せん》生《せい》をするのは、これがはじめてだといううわさも流《なが》れていました。

「こんにちは、ラモーナ。わたしの名《な》まえは、ビネーです。」先生《せんせい》は、ラモーナの服《ふく》に、名札《なふだ》をピンでとめながら、ひとことひとこと、はっきり、くぎっていいました。

「あなたが幼稚園《ようちえん》に来《き》てくれて、うれしいわ。」

それから、先生《せんせい》は、ラモーナの手《て》をとって、テーブルの一《ひと》つにつれていき、にっこりしながら、

「さしあたり、ここにすわっていなさい」と、いいました。

かしあたり！　へえーっ、おかしがあたるんだって……ラモーナは、とたんに、ビネー先生《せんせい》が大《だい》すきになりました。

「じゃ、さよなら、ラモーナ」と、

おかあさんがいいました。「おりこうにしてなさいよ。」

おかあさんが、ドアから出《で》ていくのを見《み》おくったあと、ラモーナは、学校《がっこう》というのは、思《おも》っていたよりずっとすてきだと思《おも》いました。行《い》ったすぐその日《ひ》に、おかしがあたるなんて、だれも、そんな話《はなし》はしてくれませんでした。どんなおかしでしょう。ビーザスは、先生《せんせい》からおかしをもらってきたことがあったかしらん、ラモーナは、いっしょうけんめい思《おも》いだそうとしました。

ラモーナは、ビネー先生《せんせい》がハーウィをテーブルにつれていくとき、よく耳《みみ》をすまして聞《き》いていました。けれども、先生《せんせい》は、「ハーウィ、あなたは、ここよ」と、いっただけでした。

へえーっ！　みんなが、おかしをもらうわけじゃないんだ……ってことは、ビネー先生《せんせい》、きっと、あたしがいちばんすきなのにちがいない、とラモーナは思《おも》いました。

ラモーナは、次《つぎ》つぎ、子《こ》どもたちが入《はい》ってくるたんびに、よく見《み》て、よく聞《き》いていました。けれども、ビネー先生《せんせい》は、ほかの人《ひと》には、だれにも、きめられたところにすわっていれば、おかしがあたるとはいいませんでした。先生《せんせい》のくれるおかしは、お誕生《たんじょう》日《び》のプレゼントみたいに、きれいな紙《かみ》につつんで、リボンをかけてあるのかしら、そうだといいのに、とラモーナは思《おも》いました。

すわっておかしを待《ま》っている間《あいだ》、ラモーナは、ほかの子《こ》どもたちが、おかあさんにつれられてやってきて、ビネー先生《せんせい》に紹介《しょうかい》されるのをじっと見《み》ていました。幼稚園《ようちえん》の*午前組《ごぜんぐみ》には、とくにラモーナの興味《きょうみ》をひいた子《こ》が、二人《ふたり》いました。一人《ひとり》は、デービイという男《おとこ》の子《こ》で、小《ちい》さくて、やせっぽちで、何《なに》かやりそうな感《かん》じでした。クラスじゅうで、半《はん》ズボンをはいているのは、デービイ一人《ひとり》でした。ラモーナは、ひと目《め》見《み》たとたん、デービイがすきになりました。あんまりすきなので、あとでキスしてやろうときめました。

もう一人《ひとり》は、スーザンという大《おお》きな女《おんな》の子《こ》でした。スーザンの髪《かみ》の毛《け》は、よくビー

*午前組《ごぜんぐみ》……ラモーナの幼稚園《ようちえん》は、午前《ごぜん》と午後《ごご》の二部制《ぶせい》になっている。

ザスが読《よ》んでいる本《ほん》の絵《え》に出《で》てくる、昔《むかし》ふうの女《おんな》の子《こ》のようでした。赤《あか》みがかった茶《ちゃ》色《いろ》の毛《け》が、肩《かた》までたれ、ちょうど肩《かた》のところで、くるっとカールしているのです。そして、スーザンが歩《ある》くと、そのまき毛《げ》が、肩《かた》の上《うえ》で、ふわっふわっとはずむようにゆれました。

ラモーナは、こんなまき毛《げ》を見《み》るのは、はじめてでした。ラモーナの知《し》っている子《こ》で、髪《かみ》の毛《け》のカールしている子《こ》は、みんな、毛《け》を短《みじか》くしています。ラモーナは、自分《じぶん》の、短《みじか》い、まっすぐな毛《け》に手《て》をやりました。自分《じぶん》の毛《け》は、ありふれた茶色《ちゃいろ》です。あのぱっと明《あか》るい、ばねのようにゆれる毛《け》にさわってみたいな、とラモーナは思《おも》いました。あのまき毛《げ》の一《ひと》つを、ぐーっとひっぱって、パッとはなし、それがばねのようにくるくるっと、もとにもどるのを見《み》たいと思《おも》いました。ボイーン！　ラモーナは、頭《あたま》のなかで、テレビのまんがに出《で》てくるばねの音《おと》を思《おも》いうかべながら、自分《じぶん》も、スーザンのようなふさふさしたボインボインまき毛《げ》があればいいなあ、と思《おも》いました。

ラモーナが、スーザンの毛《け》をうらやましそうにながめていると、横《よこ》からハーウィが、いきなり、「いつになったら、外《そと》へ出《で》て遊《あそ》べるんだろう?」と、ききました。

「たぶん、ビネー先生《せんせい》が、あたしにおかしをくれてからよ」と、ラモーナはこたえました。「先生《せんせい》、あたしに、おかしあげるっていったの。」

「なんで、おまえにおかしくれるんだい?」と、ハーウィはききました。「ぼくには、なんにもいわなかったよ。」

「きっと、あたしのことがいちばんすきだからよ」と、ラモーナはこたえました。

このニュースは、ハーウィにはうれしくありませんでした。ハーウィは、となりの男《おとこ》の子《こ》のほうに向《む》きをかえて、

「こいつ、おかしもらうんだってさ」と、いいました。

ラモーナは、いつまですわっていたら、おかしがもらえるのだろう、と思《おも》いました。ビネー先生《せんせい》が、ラモーナは、待《ま》つのがとても苦手《にがて》だということをわかってくれさえし

たら！

最後《さいご》の子《こ》どもが入《はい》ってきて、最後《さいご》のおかあさんが、涙《なみだ》ぐんで出《で》ていったあと、ビネー先生《せんせい》は、みんなに、幼稚園《ようちえん》のきまりについて、手短《てみじか》に話《はなし》をし、そのあと、お手洗《てあら》いの場所《ばしょ》を教《おし》えてくれました。次《つぎ》に先生《せんせい》は、一人一人《ひとりひとり》に、ちゃんと戸《と》のついた小《ちい》さな戸《と》だなをわりあてました。ラモーナの戸《と》だなには、黄色《きいろ》いアヒルの絵《え》がはってあり、ハーウィのは、緑色《みどりいろ》のカエルの絵《え》がついていました。ビネー先生《せんせい》は、クロークルームの洋服《ようふく》かけにも、この絵《え》と同《おな》じしるしがついていますよ、といいました。そして、自分《じぶん》の洋服《ようふく》かけがどこにあるか、しずかに歩《ある》いて、クロークルームへさがしにいきましょう、といいました。

待《ま》つのは楽《らく》ではありませんでしたが、ラモーナは、がんとして動《うご》きませんでした。ビネー先生《せんせい》は、おかしがあたるからすわっていなさい、といいました。だから、ラモーナは、くれるまで、じっとすわっているつもりでした。おしりに根《ね》が生《は》えたように、動《うご》かないでいるかくごでした。

クロークルームから帰《かえ》ってくると、ハーウィは、ラモーナを見《み》て顔《かお》をしかめ、べつの男《おとこ》の子《こ》に、「こいつ、先生《せんせい》におかしをもらうんだってさ」と、いいました。

とうぜんながら、その子《こ》は、そのわけを知《し》りたがりました。

「わからないわ」と、ラモーナはこたえました。「でも、ここにすわってたら、おかしがあたるっていったんですもの。きっとあたしがいちばんすきだからだと思《おも》うわ。」

ビネー先生《せんせい》が、クロークルームから帰《かえ》ってくるまでに、ラモーナがおかしをもらうということは、みんなに知《し》れわたっていました。

次《つぎ》に、ビネー先生《せんせい》は、みんなに、「あかつきのほの、じろき光《ひかり》」という、わけのわからない歌《うた》を教《おし》えてくれました。ラモーナは、「あかつきのほ」というのが何《なに》か知《し》りませんでしたので、この歌《うた》の意味《いみ》がわかりませんでした。

「おお、見《み》よやきみ、あかつきのほの、じろき光《ひかり》に」と、ビネー先生《せんせい》はうたいました。

＊あかつきのほのじろき光《ひかり》……アメリカ合衆国《がっしゅうこく》の国歌《こっか》、『星条旗《せいじょうき》』のはじめの一節《いっせつ》。

ラモーナは、「あかつきのほ」というのは、電気《でんき》スタンドのべつの名《な》だろう、と思《おも》いました。

ビネー先生《せんせい》は、その歌《うた》を、自分《じぶん》で二《に》、三度《さんど》くりかえしてうたったあと、みんなに、立《た》って、いっしょにうたうように、といいました。

ラモーナは、じっとしていました。すると、ハーウィも、そのほか数人《すうにん》の子《こ》どもたちも、同《おな》じようにじっとしていました。自分《じぶん》たちも、おかしをもらおうと思《おも》ってるんだな、とラモーナは思《おも》いました。ふん、まねしごんぼ……。

「りっぱなアメリカ人《じん》らしく、ちゃんとまっすぐ立《た》ちなさい」と、先生《せんせい》はいいました。

そのいいかたが、とってもきっぱりしていたので、ハーウィも、ほかの子《こ》たちも、しぶしぶ立《た》ちました。

ラモーナは、あたしは、りっぱなアメリカ人《じん》らしく、ちゃんとすわっていることにしよう、ときめました。

「ラモーナ、あなたは、みんなといっしょに立《た》たないの?」と、ビネー先生《せんせい》がききました。

ラモーナは、すばやく頭《あたま》をはたらかせました。もしかしたら、これは、先生《せんせい》が、あたしをためそうとしているのかもしれない、おとぎ話《ばなし》に、よくあるみたいに……。先《せん》生《せい》は、あたしが、席《せき》をはなれるかどうか、ためしてるんだ。もし、うっかりして、席《せき》をはなれてしまったら、もうおかしはもらえないんだ……。

「立《た》てないんです」と、ラモーナはいいました。

ビネー先生《せんせい》は、ふしぎそうな顔《かお》をしました。でも、ラモーナに、むりに立《た》てとはいいませんでした。そして、そのまま、みんなに、あの「あかつきのほ」の歌《うた》をおしまいまでうたわせました。ラモーナは、すわったまま、みんなといっしょにうたいました。そして、たぶんこれがすんだら、おかしがもらえるのだろう、と思《おも》いました。

ところが、歌《うた》が終《お》わっても、先生《せんせい》は、おかしのことは、ひとこともいいませんでした。そのかわり、先生《せんせい》は、本《ほん》をとりあげました。いよいよ、字《じ》を習《なら》うときがきた、とラモーナは思《おも》いました。

ビネー先生《せんせい》は、みんなの前《まえ》に立《た》って、『マイク・マリガンとスチームシャベル』という本《ほん》を読《よ》んでくれました。ラモーナは、この本《ほん》が大《だい》すきでした。なぜなら、この本《ほん》は、ラモーナの年《とし》ごろの子《こ》どものためのたくさんの本《ほん》とちがって、しずかでもなければ、ねむくもなく、あまったるくもなければ、きれいごとでもなかったからです。ラモーナは、おしりがいすにくっついたふりをしながら、ほかの子《こ》どもたちといっしょに、しずかにマイク・マリガンの話《はなし》に聞《き》きいりました。マイク・マリガンの流行《りゅうこう》おくれのスチームシャベルは、明《あ》けがたから日《ひ》のくれまで、はたらきにはたらいて、たった一日《にち》で、ポッパー町《まち》の町役場《まちやくば》の地下室《ちかしつ》を、もののみごとにほりあげたのです。それお話《はなし》を聞《き》いているうちに、ラモーナの心《こころ》に、一《ひと》つの疑問《ぎもん》がわいてきました。それは、本《ほん》を読《よ》んでもらっているとき、よく感《かん》じる疑問《ぎもん》でした。どういうわけか、本《ほん》は、だれもが知《し》りたいと思《おも》ういちばんかんじんの点《てん》をぬかしてあるのです。ところで、今《いま》ラモーナは、学校《がっこう》にいます。そして、学校《がっこう》は、ものを勉強《べんきょう》するところです。だから、たぶん、ビネー先生《せんせい》が、その疑問《ぎもん》にこたえてくれるでしょう。

ラモーナは、先生《せんせい》が、お話《はなし》を読《よ》みおえるまで、しずかに待《ま》ちました。それから、さっき、先生《せんせい》にいわれたとおり、手《て》をあげました。ビネー先生《せんせい》は、教室《きょうしつ》では、何《なに》かいいたいときは、手《て》をあげなければいけない、といったのです。

ジョーイは、手《て》をあげるのをわすれて、いきなり、

「ああ、おもしろかった」と、いいました。

ビネー先生《せんせい》は、ラモーナを見《み》て、にっこりしました。

「ラモーナ、よくおぼえていましたね。お話《はなし》をするときは、手《て》をあげるんでしたね。で、なんですか、ラモーナ?」

ラモーナの胸《むね》は、高鳴《たかな》りました。先生《せんせい》が、自分《じぶん》を見《み》て、にっこりわらってくれたのです。

「ビネー先生《せんせい》、マイク・マリガンは、一日《にち》じゅう役場《やくば》の地下室《ちかしつ》をほっていたんでしょう。お手洗《てあら》いに行《い》きたくなったときは、どうしたんですか？」

ビネー先生《せんせい》は、もうにっこりするのをやめてもいいころになっても、まだにっこりしていました。

ラモーナは、心配《しんぱい》になって、ちらっと、まわりを見《み》てみました。すると、ほかの子《こ》たちも、みんな、いっしょうけんめい、先生《せんせい》のこたえを待《ま》っていました。だれもかれも、マイク・マリガンが、どうやってお手洗《てあら》いに行《い》ったか、知《し》りたいと思《おも》っていたのです。

「そうね――」と、ビネー先生《せんせい》は、やっと口《くち》を開《ひら》いていいました。「先生《せんせい》にも、ほんとのところ、よくわからないわ、ラモーナ。本《ほん》には、そのことは書《か》いてないんですもの。」

「ぼくも、いつも、どうするんだろうと思《おも》ってた」と、ハーウィが、手《て》をあげずにいいました。

みんなも、口《くち》ぐちに、そうだそうだ、といいました。クラスじゅうが、マイク・マリガンのお手洗《てあら》いのことを心配《しんぱい》していたようでした。

「きっと、スチームシャベルを止《と》めて、自分《じぶん》でほりかけていた穴《あな》から出《で》て、近《ちか》くのガソリンスタンドのトイレへ行《い》ったんだよ」と、エリックという名《な》の男《おとこ》の子《こ》がいいました。

「そんなことできないよ。だって、本《ほん》には、マイクが、一日《にち》じゅうはたらきどおしにはたらいたって書《か》いてあるもん」と、ハーウィがいいました。「とちゅうで休《やす》んだって書《か》いてないよ。」

ビネー先生《せんせい》の目《め》の前《まえ》には二十九人《にん》の、熱心《ねっしん》な幼稚園生《ようちえんせい》がいました。そのだれもが、マイク・マリガンが、どうやってお手洗《てあら》いに行《い》ったかを知《し》りたがっていました。

「みなさん」と、先生《せんせい》は、あの、はっきりと一語《ご》一語《ご》くぎるようないいかたで、話《はな》しはじめました。

「本《ほん》のなかに、マイク・マリガンが、お手洗《てあら》いに行《い》くときどうしたかということが書《か》いてないのは、それが、お話《はなし》のだいじな点《てん》ではないからです。これは、町役場《まちやくば》の地下《ちか》室《しつ》をほるお話《はなし》です。だから、そのことだけ書《か》いてあるのです。」

ビネー先生《せんせい》は、これで説明《せつめい》は万事終《ばんじお》わり、というような口《くち》ぶりでした。けれども、子《こ》どもたちは、まだそれだけではなっとくできませんでした。ラモーナも、ほかの子《こ》どもたちも、どうやってお手洗《てあら》いに行《い》くかを知《し》ることは、だいじなことだということを知《し》っていました。ビネー先生《せんせい》が、それをわかってくれないなんて、ふしぎでした。だって、先生《せんせい》は、いちばんさきに、お手洗《てあら》いのあるところを、みんなに教《おし》えてくれたではありませんか。ラモーナは、学校《がっこう》でも、教《おし》えてくれないことがあるんだな、ということがわかりました。そして、クラスのほかの子《こ》たちといっしょになって、とがめるような目《め》つきで、ビネー先生《せんせい》をじっと見《み》ました。

先生《せんせい》は、こまったような顔《かお》をしていました。自分《じぶん》が、みんなの期待《きたい》にこたえられなかったことがわかったからでしょう。けれども、すぐ気《き》をとりなおして、本《ほん》をとじ、みんなに、しずかに歩《ある》いて、運動場《うんどうじょう》へ出《で》なさい、そしたら、みんなに、「はい色《いろ》アヒル」というゲームを教《おし》えてあげましょう、といいました。

ラモーナは、じっとしていました。そして、みんなが教室《きょうしつ》を出《で》ていくのを、だまって見《み》ていました。スーザンのまき毛《げ》が、肩《かた》でボインボイーンとはずむのを見《み》て、うらやましく思《おも》いました。でも、自分《じぶん》の席《せき》からはなれようとはしませんでした。ラモーナのおしりをいすにくっつけている見《み》えないのりをはがすことのできるのは、ビネー先《せん》生《せい》だけでした。

「あなたは、『はい色《いろ》アヒル』したくないの、ラモーナ?」と、先生《せんせい》はききました。

ラモーナは、こっくりしました。

「したいけど、だめなの。」

「どうしてだめなの？」と、ビネー先生《せんせい》はききました。

「お席《せき》はなれたらいけないの」と、ラモーナはこたえました。そして、ビネー先生《せんせい》が、ぽかんとしているのを見《み》ると、「おかしがあたるから」と、つけくわえました。

「おかし？　なんの？」

ビネー先生《せんせい》が、ほんとうにキツネにつままれたような顔《かお》をしているので、ラモーナは心配《しんぱい》になってきました。先生《せんせい》は、ラモーナのとなりの小《ちい》さないすにこしをおろして、

「どうして『はい色《いろ》アヒル』のゲームができないのか、そのわけを話《はな》してちょうだい」と、いいました。

ラモーナは、待《ま》ちくたびれて、もぞもぞからだを動《うご》かしました。なんだかへんです。

どこかで、話《はなし》がおかしくなったにちがいありません。

「あたし、『はい色《いろ》アヒル』して遊《あそ》びたいんです。けど――。」

ラモーナは、いいかけて口《くち》をつぐみました。これからいおうとしていることが、なんだかいけないことのような気《き》がしたからです。

「けど、なんなの？」と、ビネー先生《せんせい》はききました。

「あの……あの……、先生《せんせい》、あたしがここにすわってたら、おかしあたるっていったでしょう。」とうとう、ラモーナは、口《くち》に出《だ》していってしまいました。「でも、いつまですわってなきゃいけないか、教《おし》えてくれなかったから……。」

ビネー先生《せんせい》は、さっきはキツネにつままれたような顔《かお》をしていましたが、今度《こんど》は、とほうにくれたような顔《かお》になりました。

「ラモーナ、先生《せんせい》には、なんのことだか――。」

「先生《せんせい》、ちゃんといったよ」と、ラモーナは、こっくりしながらいいました。「かしあたりここにすわってなさいって。だから、はじめっから、ずうーっとここにすわってるのに、おかしくれないんだもん。」

ビネー先生《せんせい》の顔《かお》は、まっかになりました。先生《せんせい》が、あまりこまったようすなので、ラモーナの頭《あたま》は、すっかりこんぐらかってしまいました。先生《せんせい》というものは、こんな顔《かお》をするものではないはずです。

ビネー先生《せんせい》は、やさしく話《はな》しはじめました。

「ね、ラモーナ。あなた、先生《せんせい》のいったこと、まちがって受《う》けとったんだと思《おも》うわ。」

ラモーナは、すぐには事情《じじょう》がのみこめませんでした。

「じゃ、おかしはもらえないの？」

「ええ、残念《ざんねん》だけど」と、ビネー先生《せんせい》はいいました。「先生《せんせい》は、『さし、あたり』っていったの。『さしあたり』っていうのは、当分《とうぶん》の間《あいだ》、今《いま》のうちだけっていう意味《いみ》なの。先生《せんせい》は、あなたに、きょうは、ここにすわってなさい、っていうつもりだったの。あとで、またお席《せき》かえるかもしれないでしょう。」

「ふうん。」

ラモーナは、あんまりがっかりしたので、なんにもいえませんでした。ことばというものは、なんとやっかいなものでしょう。おかしがあたるのかと思《おも》ったら、「さしあたり」だっていうし、「あいにく」というのは、お肉《にく》のことかと思《おも》ったらそうでないというし……。

このときまでに、みんなは、先生《せんせい》がどうしたのだろうと、ドアのところに集《あつ》まってきていました。

「ごめんなさいね。先生《せんせい》がわるかったわ」と、ビネー先生《せんせい》はいいました。「べつのいいかたをすればよかったのに。」

「いいんです」と、ラモーナはいいました。けっきょく、自分《じぶん》がおかしをもらえないことが、組《くみ》のみんなにわかってしまって、はずかしくてなりませんでした。

「さあ、みなさん。」ビネー先生《せんせい》は、気《き》をとりなおして、元気《げんき》よくいいました。「外《そと》へ出《で》て、『はい色《いろ》アヒル』をしましょう。あなたも、いらっしゃい、ラモーナ。」

「はい色《いろ》アヒル」というのは、やってみればかんたんなゲームでした。ラモーナは、さっきの失望《しつぼう》から、すぐ立《た》ちなおって、元気《げんき》に遊《あそ》びはじめました。

このゲームでは、みんなで輪《わ》をつくって立《た》ちます。そして、鬼《おに》になった子《こ》が、だれかをさわります。すると、さわられた子《こ》は、輪《わ》のまわりを、鬼《おに》を追《お》って走《はし》るのです。もし、鬼《おに》が、あいている場所《ばしょ》にもどりつくまでに、その子《こ》につかまったら、鬼《おに》は、輪《わ》のまん中《なか》に行《い》って、すわらなければなりません。そこは、「おかゆなべ」といわれていました。そして、鬼《おに》をつかまえた子《こ》が、次《つぎ》の鬼《おに》になるのです。

ラモーナは、あのふわふわのまき毛《げ》の女《おんな》の子《こ》のとなりにならぼうとしましたが、だめで、ハーウィのとなりに立《た》つはめになりました。

「おまえ、おかしもらうんじゃなかったのか？」と、ハーウィは、いやみたっぷりにいいました。

ラモーナは、ただ顔《かお》をしかめ、ハーウィに、イイーンをしただけでした。そのハーウィは、鬼《おに》になり、たちまち「おかゆなべ」の中《なか》に入《い》れられてしまいました。ジーンズがまっさらでゴワゴワしていて、よく走《はし》れなかったからです。

「やあーい、やあーい、ハーウィはおかゆなべにはーいった！」と、ラモーナは、はやしました。

すると、ハーウィは、今《いま》にも泣《な》きそうな顔《かお》をしました。ばかだなあ、とラモーナは思《おも》いました。「おかゆなべ」に入《はい》ったからといって泣《な》くのは、あかちゃんだけです。あたし、あたし、だれかあたしにさわってくれないかな……ラモーナは、自分《じぶん》の場所《ばしょ》でピョンピョンはねました。早《はや》く輪《わ》のまわりをかける順番《じゅんばん》がこないかなあ……。スーザンも、ピョンピョンはねていました。スーザンがはねると、あのまき毛《げ》が、なんともいえず魅力的《みりょくてき》にゆれました。

とうとう、だれかがラモーナの肩《かた》をポンとたたきました。いよいよ、走《はし》る順番《じゅんばん》がきたのです！　ラモーナは、自分《じぶん》の前《まえ》、アスファルトの上《うえ》を、パタパタと走《はし》っていく運《うん》動《どう》ぐつに追《お》いつこうと、いっしょうけんめい走《はし》りました。例《れい》のボイーンボイーンまき毛《げ》は、円《えん》の反対《はんたい》がわにありました。ラモーナは、どんどん走《はし》って、その近《ちか》くまで来《き》ました。ラモーナは、手《て》をのばし、そのやわらかい、ふわふわしたまき毛《げ》の一《ひと》つをぐいとつかみました。

「いやーん！」まき毛《げ》の持《も》ち主《ぬし》がものすごい悲鳴《ひめい》をあげました。

ラモーナは、びっくりして手《て》をはなしました。あんまりびっくりしたので、まき毛《げ》が、くるくるっともとにもどるところを見《み》るのもわすれていました。

スーザンは、かた手《て》で髪《かみ》の毛《け》をおさえ、もうかた方《ほう》の手《て》を、ラモーナにつきつけていいました。

「あの子《こ》が、わたしの髪《かみ》の毛《け》ひっぱったあ！　あの子《こ》が、わたしの髪《かみ》の毛《け》、ひっぱったあ！　うえーん、うえーん、うえーん！」

なにも、そんなに泣《な》きわめかなくたっていいじゃないか、とラモーナは思《おも》いました。いたくするつもりは、ちっともなかったのです。ただ、スーザンの毛《け》が、短《みじか》くてピンとした自分《じぶん》の茶色《ちゃいろ》の毛《け》とぜんぜんちがって、あんまりきれいで、ふわふわしているので、ちょっとさわってみたかっただけなのです。

「うえーん、うえーん、うえーん！」スーザンは、みんなの注目《ちゅうもく》を一身《いっしん》に集《あつ》めて、大声《おおごえ》をはりあげて泣《な》きました。

「泣《な》き虫《むし》」と、ラモーナはいいました。

「ラモーナ」と、ビネー先生《せんせい》はいいました。「この幼稚園《ようちえん》では、人《ひと》の髪《かみ》の毛《け》は、ひっぱらないことになっています。」

「なにも、あんなにあかちゃんみたいに泣《な》かなくたっていいじゃない」と、ラモーナはいいました。

「あなたは、ドアの横《よこ》のベンチのところへ行《い》って、ゲームがすむまで、すわっていらっしゃい」と、ビネー先生《せんせい》は、ラモーナにいいました。

ラモーナは、ベンチになんかすわりたくありませんでした。みんなといっしょに、「はい色《いろ》アヒル」をして遊《あそ》びたかったのです。

「いやん。」ラモーナは、今《いま》にも、ものすごいかんしゃくをおこすかまえを見《み》せていました。「行《い》かない。」

スーザンが、泣《な》きやみました。一瞬《いっしゅん》、運動場《うんどうじょう》が、おそろしいくらいしーんとしずまりかえりました。みんなが、じーっとラモーナを見《み》つめました。あんまりまともに、じーっと見《み》つめられたので、ラモーナは、自分《じぶん》のからだが、ちぢみはじめたような気《き》がしました。こんなことは、生《う》まれてはじめてでした。

「ラモーナ」と、ビネー先生《せんせい》は、しずかにいいました。「ベンチに行《い》ってすわってなさい。」

ラモーナは、だまって運動場《うんどうじょう》を横《よこ》ぎり、ドアのわきのベンチまで歩《ある》いていって、すわりました。

「はい色《いろ》アヒル」のゲームは、ラモーナなしで、つづけられました。けれども、みんなは、ラモーナのことをわすれてしまったわけではありませんでした。ハーウィは、ラモーナのほうを見《み》て、にやっとわらってみせました。スーザンは、あいかわらず、めそめそしていました。ラモーナのほうを指《ゆび》さして、わらう子《こ》もいました。そのほかの子《こ》どもたち、とくにデービイは、幼稚園《ようちえん》で、こんなおそろしい罰《ばつ》があたえられるなんて、思《おも》いもよらなかったというように、心配《しんぱい》そうな顔《かお》をしていました。

ラモーナは、足《あし》をぶらぶらさせながら、通《とお》りの向《む》こうがわの、新《あたら》しいマーケットの工事現場《こうじげんば》ではたらいている職人《しょくにん》のおじさんたちを見《み》ているふりをしていました。おかしのことでは、誤解《ごかい》があったものの、ラモーナは、この新《あたら》しい、きれいな先生《せんせい》に気《き》に入《い》られたいと、それはいっしょうけんめいねがっていたのです。それなのに……。ラモーナの目《め》に、涙《なみだ》がにじんできました。でも、ラモーナは、ぐっとこらえました。泣《な》くもんですか。人《ひと》に泣《な》き虫《むし》なんてよばれるのは、まっぴらです。どんなことがあったって、泣《な》いたりするもんですか……。

幼稚園《ようちえん》の金《かな》あみにぴったり顔《かお》をくっつけて、となりの家《いえ》の女《おんな》の子《こ》が二人《ふたり》――四《よっ》つくらいの子《こ》と二《ふた》つくらいの子《こ》と――まじめな顔《かお》つきで、ラモーナを見《み》ていました。大《おお》きいほうの子《こ》が妹《いもうと》にいいました。

「ほら、見《み》てごらん。あの子《こ》、わるいことしたから、あそこにいるのよ。」

二《ふた》つくらいの子《こ》は、世《よ》の中《なか》に、そんなにいけない子《こ》がいるものかと、おどろいたような感心《かんしん》したような顔《かお》をして、じっとラモーナを見《み》つめました。ラモーナは、目《め》をふせて、じっと地面《じめん》を見《み》ました。はずかしくて、はずかしくて、たまりませんでした。

ゲームが終《お》わると、みんなは、ラモーナのそばを通《とお》って、教室《きょうしつ》に入《はい》りました。

「あなたもお入《はい》りなさい、ラモーナ」と、ビネー先生《せんせい》は、明《あか》るい声《こえ》でいいました。

ラモーナは、からだをすべらせてベンチからはなれると、みんなのあとについて教《きょう》室《しつ》に入《はい》りました。先生《せんせい》に、かわいがってはもらえないとしても、とにかく、ゆるしてもらえたので、それだけでも気《き》が楽《らく》になりました。今度《こんど》は、読《よ》みかたと、書《か》きかたの勉強《べんきょう》だといいな、とラモーナは思《おも》いました。

中《なか》に入《はい》ると、ビネー先生《せんせい》は、今度《こんど》は、お休《やす》みの時間《じかん》です、といいました。ラモーナは、これを聞《き》いて、またがっかりしました。保育園《ほいくえん》ならともかく、幼稚園《ようちえん》まで来《き》て、昼寝《ひるね》をすることなんかないではありませんか。

ビネー先生《せんせい》は、一人一人《ひとりひとり》に、戸《と》だなの絵《え》と同《おな》じ絵《え》のついたマットをわたし、それをしく場所《ばしょ》も教《おし》えました。二十九人《にん》の子《こ》どもたちは、みんなマットの上《うえ》に横《よこ》になりましたが、でもねむりはしませんでした。みんな、首《くび》をもちあげて、ほかの子《こ》が何《なに》をしてるだろう、とながめたり、もぞもぞ動《うご》いたり、ひそひそ話《ばなし》をしたり、せきをしたり、「いつまで寝《ね》るんですか?」と、きいたりしました。

「シーッ。」ビネー先生《せんせい》は、ひくい、やわらかい、ねむ気《け》をさそうような声《こえ》でいいました。「いちばんおとなしく休《やす》んだ人《ひと》に、目《め》ざまし妖精《ようせい》になってもらいますよ。」

「目《め》ざまし妖精《ようせい》ってなあに？」ハーウィが、むくっとからだを起《お》こしてききました。

「シーッ」と、ビネー先生《せんせい》は、小《ち》さい声《こえ》でいいました。「目《め》ざまし妖精《ようせい》はね、みんなの間《あいだ》を、そうっと歩《ある》いて、魔法《まほう》のつえでみんなを起《お》こしてまわるのですよ。目《め》ざまし妖精《ようせい》になった人《ひと》は、いちばんしずかに休《やす》んでる人《ひと》を、いちばんさきに起《お》こします。」

ラモーナは、自分《じぶん》が、その目《め》ざまし妖精《ようせい》になろうと決心《けっしん》しました。そうすれば、ビネー先生《せんせい》も、ラモーナが、けっきょくそれほどいけない子《こ》ではないことをわかってくれるでしょう。ラモーナは、両腕《りょううで》を、ぴったりからだの横《よこ》にくっつけて、まっすぐ、上《うえ》を向《む》いて寝《ね》ました。マットはうすく、床《ゆか》はかたかったけれど、ラモーナは、ごそごそからだを動《うご》かしたりはしませんでした。ラモーナは、自分《じぶん》が、クラスじゅうでいちばんしずかに休《やす》んでいるにちがいないと思《おも》いました。だって、ほかの子《こ》は、マットの

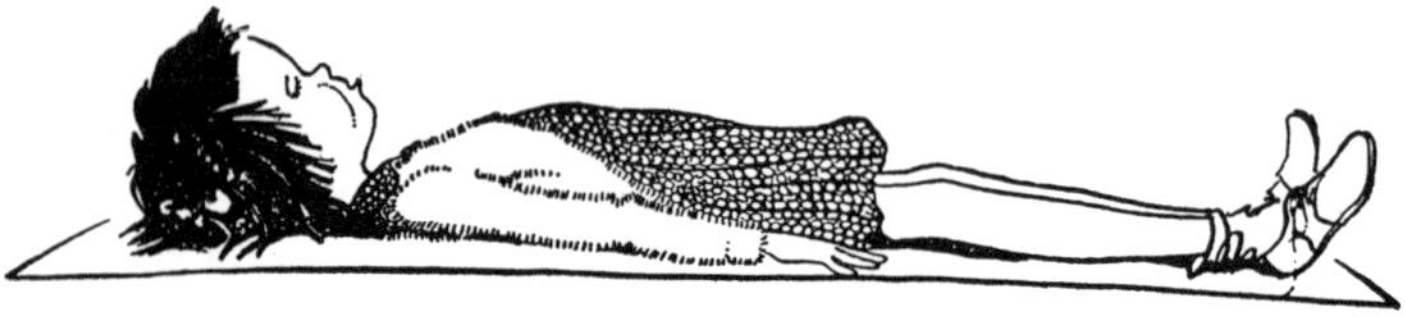

上《うえ》で、もぞもぞ動《うご》きまわっているのが、音《おと》でわかったからです。ビネー先生《せんせい》に、自分《じぶん》が、正真正銘《しょうしんしょうめい》よく休《やす》んでいることを知《し》ってもらおうと、ラモーナは、小《ちい》さないびきを一《ひと》つかきました。やかましい、おおげさないびきではありません。自分《じぶん》がどんなによく休《やす》んでいるかをしめす、ほんの小《ちい》さな、上品《じょうひん》ないびきでした。

　すると、あちこちから、クスクスというわらい声《ごえ》があがり、それにつづいて、ラモーナのよりずっと品《ひん》のないいびきが、聞《き》こえてきました。みんなは、おもしろがって、われもわれもといびきをかきはじめました。しかも、いびきは、だんだん下品《げひん》に、おおげさになっていきました。とうとう、二、三人《にん》のいびきのかきかたを知《し》らない子《こ》をのぞいて、クラスじゅうが、いびきをかきはじめました。いびきをかけない子《こ》は、クスクスわらっていました。

ビネー先生《せんせい》は、パンパンと手《て》を鳴《な》らし、

「みなさん！　いいかげんにしなさい！　お昼寝《ひるね》の時間《じかん》は、いびきをかいたり、ゲラゲラわらったりする時間《じかん》じゃありません」と、いいました。その声《こえ》は、もう、ひくくも、やわらかくも、ねむそうでもありませんでした。

「ラモーナが始《はじ》めたんだよ」と、ハーウィがいいました。

ラモーナは、起《お》きあがって、ハーウィにイイーンしてみせました。それから、見《み》さげたように、「つげ口屋《ぐちや》！」と、どなりました。

ハーウィの向《む》こうに、スーザンが、目《め》をかたくとじて、しずかに横《よこ》になっているのが見《み》えました。きれいなまき毛《げ》がマットの上《うえ》にふわっとひろがっていました。

「けど、おまえが始《はじ》めたんじゃないか」と、ハーウィがいいました。

「しずかにしなさい！」ビネー先生《せんせい》は、するどい声《こえ》でいいました。「お休《やす》みの時間《じかん》は、お休《やす》みしなければいけません。おかあさんが、おむかえにきてくれたとき、くたびれているといけないでしょう。」

「先生《せんせい》も、おかあさんがおむかえにくるの?」と、ハーウィが、ビネー先生《せんせい》にききました。ラモーナも、ちょうどそのことを思《おも》っていたところでした。

「ハーウィ、よけいなおしゃべりするもんじゃありません!」ビネー先生《せんせい》は、おかあさんが、夕《ゆう》ごはんまえのころに、よく出《だ》すような声《こえ》でいいました。けれども、次《つぎ》の瞬《しゅん》間《かん》、もとの、やわらかい、ねむそうな声《こえ》になっていいました。「スーザンは、おりこうですよ。とてもしずかに休《やす》んでいます。スーザン、あなたに、目《め》ざまし妖精《ようせい》になってもらいましょう。さ、このつえで、みんなを起《お》こしてあげなさい。」

魔法《まほう》のつえというのは、ただのものさしだとわかりました。ラモーナは、しずかに、じっと寝《ね》ていました。でも、その努力《どりょく》もむだでした。肩《かた》のまわりに、まき毛《げ》をふわふわさせたスーザンは、ラモーナをいちばんおしまいにたたきました。そんなのひどい、とラモーナは思《おも》いました。お休《やす》みのとき、いちばんお行儀《ぎょうぎ》がわるかったのは、ラモーナではありません。ハーウィのほうが、よっぽどわるかったのに……。

のこりの時間《じかん》は、あっというまにすぎました。みんなは、教室《きょうしつ》にあるおもちゃや絵《え》の具《ぐ》をさわらせてもらいましたし、かきたい人《ひと》は、新《あたら》しいクレヨンを使《つか》って絵《え》をかいてもいいともいわれました。でも、読《よ》みかたと書《か》きかたの勉強《べんきょう》はありませんでした。

けれども、ラモーナは、ビネー先生《せんせい》が、あしたは、クラスのお友《とも》だちに見《み》せてあげたいもののある人《ひと》は、だれでも、それを学校《がっこう》に持《も》ってきて、「見《み》せましょう、話《はな》しましょう」の時間《じかん》に見《み》せていいと説明《せつめい》してくれたので、少《すこ》し元気《げんき》が出《で》ました。

ラモーナは、ベルが鳴《な》って、さくの向《む》こうに、むかえにきたおかあさんの顔《かお》が見《み》えたときは、ほっとしました。ハーウィをむかえにきた、ケムプさんのおばさんとウィラジーンの顔《かお》も見《み》えました。五人《にん》は、つれだって、うちへ帰《かえ》りました。

ハーウィは、すぐさま、

「ラモーナは、ベンチにすわらされたんだよ。それで、お昼寝《ひるね》のときも、いちばん行儀《ぎょうぎ》がわるかったんだよ」と、いいました。

午前中《ごぜんちゅう》のことがいろいろ重《かさ》なっていたラモーナにとっては、これはあんまりでした。

「うるさいわねっ」というなり、ラモーナは、ハーウィをたたきました。

おかあさんは、手《て》をつかんで、ラモーナをハーウィからひきはなしました。

「なんですか、ラモーナ」と、おかあさんは、こわい声《こえ》でいいました。「学校《がっこう》へ行《い》った一日《にち》めから、そんなことをして。」

「かわいそうに」と、ケムプさんのおばさんはいいました。「ラモーナ、くたびれてるのよ。」

何《なに》が腹《はら》がたつといって、おとなが、自分《じぶん》のことを、まるで当人《とうにん》には聞《き》こえないみたいに、くたびれているのよ、と話《はな》すのくらい、ラモーナにとって腹《はら》のたつことはありません。

「あたし、くたびれてなんかいないっ！」と、ラモーナは、かなきり声《ごえ》でさけびました。

「ベンチにすわらされてたとき、たっぷり休《やす》んだものな」と、ハーウィがいいました。

「ハーウィ、あんたはだまってなさい」と、ケムプさんのおばさんはいいました。それから、話題《わだい》をかえようとして、ハーウィに、

「幼稚園《ようちえん》はどう、気《き》に入《い》った？」と、ききました。

「うん――まあまあだな」と、ハーウィは、気《き》のりのしない声《こえ》でこたえました。「砂《すな》場《ば》も、三輪車《さんりんしゃ》もないんだもんな。」

「おまえはどうなの、ラモーナ？」と、おかあさんがききました。「幼稚園気《ようちえんき》に入《い》った？」

ラモーナは、考《かんが》えました。幼稚園《ようちえん》は、ラモーナの思《おも》っていたようなところではあり

ませんでした。おかしももらえなかったし、ビネー先生《せんせい》は、自分《じぶん》をすきになってくれませんでした。それでも、ラモーナは、自分《じぶん》と同《おな》い年《どし》の男《おとこ》の子《こ》や女《おんな》の子《こ》といっしょにいられるのは、うれしいと思《おも》いましたし、あの、「あかつきのほ」の歌《うた》をうたったり、自分《じぶん》の戸《と》だなをもらったりしたのも、よかったと思《おも》いました。

「思《おも》ったほどおもしろくなかったけど」と、ラモーナは、正直《しょうじき》にこたえました。「でも、『見《み》せましょう、話《はな》しましょう』をしたら、おもしろくなると思《おも》うよ。」

2

見《み》せましょう、話《はな》しましょう

ラモーナには、早《はや》く大《おお》きくなって、ああなりたい、こうしたいと思《おも》っていることがたくさんありました――歯《は》がぐらぐらしはじめること、三輪車《さんりんしゃ》でなく、ふつうの自転車《じてんしゃ》に乗《の》ること、おかあさんみたいに口《くち》べにをつけることなど――でも、なかでも、いちばんたのしみにしていたのは、「見《み》せましょう、話《はな》しましょう」でした。

これまで、何年間《なんねんかん》も、ラモーナは、おねえさんのビーザスが、人形《にんぎょう》や、本《ほん》や、きれいな葉《は》っぱなんかを、みんなに見《み》せるために学校《がっこう》へ持《も》っていくのを見《み》てきました。ビーザスの友《とも》だちのヘンリー・ハギンズが、なんだか、いわくありげな、でこぼこしたつつみを持《も》って、うちの前《まえ》を通《とお》って登校《とうこう》していくのも見《み》てきました。それに、ビーザスが、白分《じぶん》の組《くみ》で、ほかの人《ひと》が見《み》せたおもしろいもの——カメだの、三色《しょく》のちがった色《いろ》で書《か》けるボールペンだの、砂《すな》と海水《かいすい》を入《い》れたびんの中《なか》に入《はい》った生《い》きたハマグリだの——の話《はなし》をしてくれるのを聞《き》いていました。

そして、いよいよ、自分《じぶん》が見《み》せたり話《はな》したりする番《ばん》がきたのです。

「おねえちゃん、学校《がっこう》に何持《なにも》ってって見《み》せる?」と、ラモーナは、ビーザスにききました。自分《じぶん》が持《も》っていくものの参考《さんこう》にしようと思《おも》ったのです。

「何《なに》も持《も》ってかないわ」と、ビーザスはこたえました。それから、つづけて、こういいました。「三年生《ねんせい》ぐらいになるとね、みんな、もう『見《み》せましょう、話《はな》しましょう』なんて、あんまりいっしょうけんめいやらなくなるのよ。五年生《ねんせい》にもなると、よっぽどめずらしいものか何《なに》かでないと持《も》ってこないのよ。たとえば、手術《しゅじゅつ》した盲腸《もうちょう》のびんづめとか、社会科《しゃかいか》にかんけいのあるものとか。毛皮商人《けがわしょうにん》のことを習《なら》ってるときなら、古《ふる》い毛皮《けがわ》なんかもいいわ。それに、うちが火事《かじ》で焼《や》けたとか、そういう、めったにないようなめにあったときなら、前《まえ》に出《で》て、その話《はなし》をしてもいいわ。けど、五年生《ねんせい》になると、人形《にんぎょう》だとか、おもちゃの消防自動車《しょうぼうじどうしゃ》だとか、そんなもの持《も》っていく人《ひと》はいないわ。それに、そんなのはもう『見《み》せましょう、話《はな》しましょう』とはいわないの。ただ、先生《せんせい》に、おもしろいもの持《も》ってます、っていうだけなの。」

ラモーナは、これを聞《き》いても、がっかりしませんでした。ラモーナが何《なに》かおもしろくなりはじめたとき、ビーザスが、もうそれを卒業《そつぎょう》するということは、今《いま》までにもよくあったからです。ラモーナは、自分《じぶん》のおもちゃ箱《ばこ》の中《なか》をゴソゴソひっかきまわして、おしまいにお気《き》に入《い》りの人形《にんぎょう》をとりだしました。それは、ほんとに髪《かみ》の毛《け》をあらえる人形《にんぎょう》でした。

「あたし、シボレーを持《も》ってくわ」と、ラモーナは、ビーザスにいいました。

「人形《にんぎょう》にシボレーなんて名《な》まえつける人《ひと》、だれもいないわ」と、ビーザスはいいました。

ビーザスの人形《にんぎょう》は、サンドラとか、パティとかいう名《な》まえでした。

「あたしがいるもん」と、ラモーナはいいました。「シボレーって、世界《せかい》じゅうで、いちばんきれいな名《な》まえだもん。」

「だけど、それ、ひどい顔《かお》ね。こわいみたい」と、ビーザスがいいました。「髪《かみ》の毛《け》は緑色《みどりいろ》だし、それに、あんた、ちっともシボレーと遊《あそ》んでないじゃない。」

「髪《かみ》の毛《け》あらうもん」と、ラモーナはいいました。それは、事実《じじつ》でした。

「それに、だいぶぬけちゃってるけど、シボレーの毛《け》、なにもはじめっから緑色《みどりいろ》だったんじゃないよ。あたしが、ハーウィのおばあさんの毛《け》みたいに、青《あお》くしようとしてああなったんだから。ハーウィのおばあさんは、美容院《びよういん》で、髪《かみ》の毛《け》青《あお》くそめたんだよ。シボレーのは、黄色《きいろ》の上《うえ》に青《あお》いのぬったから、緑《みどり》になったって、ママがいってたわ。けど、緑《みどり》だってきれいだよ。」

いよいよ、学校《がっこう》に行《い》く時間《じかん》になったとき、ラモーナは、ケムプさんのおばさんが、ハーウィとウィラジーンをつれてやってくるのを見《み》て、がっかりしました。

「ママ、早《はや》く行《い》こうよう。」ラモーナは、おかあさんの手《て》をつかんでひっぱりながらいいました。

けれども、おかあさんは、ケムプさんのおばさんが追《お》いつくまで待《ま》っていました。

ウィラジーンは、この朝《あさ》、いつもよりもっとひどくよだれをたらしていました。セーターの前《まえ》には、パンか何《なに》かのくずをくっつけ、手《て》には、哺乳《ほにゅう》びんを持《も》って、リンゴジュースを飲《の》んでいました。ウィラジーンは、シボレーを見《み》ると、びんを落《お》とし、あごからリンゴジュースをたらしたまま、ぽかんとシボレーを見《み》つめました。

「ラモーナは、『見《み》せましょう、話《はな》しましょう』のために、学校《がっこう》へお人形《にんぎょう》を持《も》っていくのよ」と、おかあさんがいいました。

それを聞《き》くと、ハーウィは、急《きゅう》に心配《しんぱい》そうな顔《かお》をして、「ぼく、なんにも持《も》ってない」と、いいだしました。

「いいわよ、ハーウィ」と、ラモーナのおかあさんはいいました。「毎日《まいにち》、みんなが何《なに》か持《も》っていかなきゃいけないってわけじゃないんだから。」

「ぼく、何《なに》か持《も》っていきたーい」と、ハーウィはいいました。

「まあ、なんでしょう、ハーウィ」と、ハーウィのおかあさんがいいました。「もし、二十九人《にん》の生徒《せいと》が、みんな何《なに》か持《も》ってきたらどう？　ビネー先生《せんせい》、なんにも教《おし》える時《じ》間《かん》がなくなるじゃありませんか。」

「だって、こいつが持《も》っていくんだもん。」ハーウィは、ラモーナをさしていいました。

ハーウィのこういうたいどは、ラモーナにもおぼえがありました。ラモーナは、おかあさんの手《て》をひっぱっていいました。

「早《はや》く行《い》こうよう、ママ。」

「ラモーナ、おまえ、ちょっとうちへ走《はし》っていって、ハーウィが学校《がっこう》へ持《も》っていけるようなもの、何《なに》かさがしてきてあげなさい。いい子《こ》だから」と、おかあさんはいいました。

ラモーナは、この考《かんが》えをちっともいいとは思《おも》いませんでした。でも、ここでぐずぐずいいあらそっているよりは、ハーウィに何《なに》かかしてやるほうがてっとり早《ばや》い、と思《おも》いました。そこで、うちへ走《はし》って入《はい》り、最初《さいしょ》に目《め》に入《はい》ったもの――ぬいぐるみのウサギ――をつかんでとびだしました。このウサギは、もういいかげんぼろぼろになっていたのを、ネコが見《み》つけて、ネズミとりの練習用《れんしゅうよう》に使《つか》い、しっぽをかんだり、口《くち》にくわえて歩《ある》きまわったり、寝《ね》ころんでは、後《うし》ろあしでけったり、さんざんおもちゃにしたしろものでした。

ラモーナが、ハーウィに、ウサギをつきつけると、ケムプさんのおばさんは、

「ありがとうっておっしゃい、ハーウィ」と、いいました。

「こんなもん、ただのぼろウサギじゃないか」と、ハーウィは、ぶすっとしていいました。

そして、おかあさんの見《み》ていない間《ま》に、ウサギを、ウィラジーンに持《も》たせました。

ウィラジーンは、リンゴジュースをほうりだして、ウサギをつかみ、しっぽをクチャクチャとかみはじめました。うちのネコそっくり、とラモーナは思《おも》いました。

みんなは、学校《がっこう》に向《む》かって歩《ある》きだしました。

幼稚園《ようちえん》の運動場《うんどうじょう》についたとき、ケムプさんのおばさんが、ハーウィに、

「ラモーナのウサギをわすれるんじゃありませんよ」と、いいました。

「あいつのぼろウサギなんか、いらないよ」と、ハーウィがいいました。

「これ、ハーウィ」と、ケムプさんのおばさんはいいました。「ラモーナは、親切《しんせつ》にウサギさんをかしてくれたんじゃありませんか。そんなこといっちゃいけないでしょ

う。なんでも、なかよく分《わ》けっこするんだったでしょう。」

それから、ケムプさんのおばさんは、ラモーナのおかあさんのほうを向《む》いて、まるでハーウィには聞《き》こえないみたいに、

「ハーウィは、礼儀《れいぎ》知《し》らずでこまりますわ」と、いいました。

なかよく分《わ》けっこだって！　分《わ》けっこについては、ラモーナは、保育園《ほいくえん》でいやというほど教《おそ》わりました。分《わ》けっこというのは、自分《じぶん》の持《も》っているもので、だれにもかしてやりたくないものを、だれかにかしてやらなければならなかったり、または、ほかの人《ひと》の持《も》っているもので、自分一人《じぶんひとり》で使《つか》いたいものを、ほかの人《ひと》といっしょに使《つか》わなければならなかったりすることでした。

「いいわよ、ハーウィ。なにも、むりにあたしのウサギ持《も》ってかなくてもいいわよ」

と、ラモーナはいいました。

ハーウィは、ほっとしたような顔《かお》をしました。けれども、ハーウィのおかあさんは、

むりやり、ハーウィの手《て》にウサギをおしつけました。

幼稚園《ようちえん》の第《だい》二日《にち》め。ラモーナは、はじめのうち、なんだかはずかしいような気《き》がしました。ビネー先生《せんせい》が、ベンチにすわらされた女《おんな》の子《こ》をなんと思《おも》っているか、わからなかったからです。けれども、ビネー先生《せんせい》は、きのうのことなんかすっかりわすれてしまったみたいに、にっこりわらって、

「おはよう、ラモーナ」と、いってくれました。

ラモーナは、アヒルのしるしのついた戸《と》だなにシボレーをすわらせ、「見《み》せましょう、話《はな》しましょう」の時間《じかん》を待《ま》ちました。

「だれか、みんなに見《み》せるもの持《も》ってきた人《ひと》いますか?」あの「あかつきのほ」の歌《うた》がすむと、ビネー先生《せんせい》がききました。

ラモーナは、教《おそ》わったとおり、ちゃんと手《て》をあげました。すると、ビネー先生《せんせい》は、ラモーナに、教室《きょうしつ》の前《まえ》に出《で》てきて、みんなに、あなたの持《も》ってきたものを見《み》せなさ

い、といいました。ラモーナは、自分《じぶん》の戸《と》だなから、シボレーを出《だ》して、ビネー先生《せんせい》の机《つくえ》のそばに立《た》ちました。けれども、みんなの前《まえ》に立《た》つと、さてなんといっていいのかわかりませんでした。ラモーナは、助《たす》けをもとめて、ビネー先生《せんせい》を見《み》あげました。

ビネー先生《せんせい》は、ラモーナを元気《げんき》づけるように、にっこりわらいました。

「何《なに》か、そのお人形《にんぎょう》のこと、お話《はな》ししてくれますか？」

「これ、ほんとに髪《かみ》あらえるんです。」と、ラモーナはいいました。「青《あお》いのでそめたから、そいで、緑色《みどりいろ》みたいになったんです。」

「髪《かみ》をあらうときは、何《なに》であらうの？」と、ビネー先生《せんせい》がききました。

「いろんなもの。」ラモーナは、みんなの前《まえ》で話《はな》すのになれて、元気《げんき》が出《で》てきました。

「石《せっ》けんや、シャンプーや、洗剤《せんざい》や、おふろのバブルバスやなんか。いっぺん、みがき砂《ずな》も使《つか》ったけど、だめだったの。」

「それで、そのお人形《にんぎょう》は、なんという名《な》まえ？」と、ビネー先生《せんせい》はききました。

「シボレー」と、ラモーナはこたえました。「おばさんの車《くるま》の名《な》まえとってつけたの。」

あちこちから、クスクス、わらい声《ごえ》がおこりました。とくに男《おとこ》の子《こ》が、わらいました。ラモーナは、どぎまぎしました。二十八人《にん》の男《おとこ》の子《こ》と女《おんな》の子《こ》が、みんな自分《じぶん》を見《み》てわらっているのです。

「だって、ほんとなんだもん！」と、ラモーナは、おこったようにいいました。

今《いま》にも、涙《なみだ》が出《で》てきそうでした。シボレーというのは、きれいな名《な》まえです。わらうことなんかないじゃありませんか。

ビネー先生《せんせい》は、クスクスわらいや、ばかにしたようなわらいには、とりあわないでいいました。

「先生《せんせい》は、シボレーは、すてきな名《な》まえだと思《おも》いますよ。」

それから、先生《せんせい》は、もう一度《いちど》、ゆっくり「シ、ボ、レー」と、くりかえしました。

先生《せんせい》がいうと、そのことばは、音楽《おんがく》のようにひびきました。「みなさん、いっしょにいってみましょう。」

「シ、ボ、レー。」みんなは、いわれたとおり、くりかえしました。もう、だれもわらってはいませんでした。

ラモーナの心《こころ》は、先生《せんせい》がすきだ！　という気持《きも》ちでいっぱいになりました。ビネー先生《せんせい》は、ふつうのおとなの人《ひと》とはちがいます。自分《じぶん》の気持《きも》ちをわかってくれます。

先生《せんせい》は、ラモーナを見《み》て、にっこりしました。そして、

「ラモーナ、シボレーを見《み》せてくれてありがとう」と、いいました。

そのあと、もう一人《ひとり》の女《おんな》の子《こ》が、背中《せなか》についているひもをひっぱるとものをいう人形《にんぎょう》を見《み》せ、べつの男《おとこ》の子《こ》が自分《じぶん》のうちで買《か》った新《あたら》しい冷蔵庫《れいぞうこ》の話《はなし》をしました。

「ほかに、だれか見《み》せるものや、話《はな》すことのある人《ひと》、いませんか？」と、ビネー先生《せんせい》がいいました。

「あの子《こ》、何《なに》か持《も》ってきてる。」くるくるまき毛《げ》のスーザンが、ハーウィのほうを指《ゆび》

さしていいました。

ボイーン。ラモーナは、心《こころ》のなかでいってみました。あのまき毛《げ》が目《め》に入《はい》るたびに、いつもそういうのです。ラモーナは、スーザンが、なんにでも口《くち》を出《だ》して、えらそうにふるまいたがるタイプの女《おんな》の子《こ》だということがわかってきました。

「ハーウィ、あなた、何《なに》か持《も》ってきたの?」と、ビネー先生《せんせい》がききました。

ハーウィは、こまったような顔《かお》をしました。

「さあ、いらっしゃい、ハーウィ」と、ビネー先生《せんせい》は、ハーウィを元気《げんき》づけるようにいいました。「あなたの持《も》ってきたもの、見《み》せてちょうだい。」

ハーウィは、しかたなく立《た》っていって、戸《と》だなから、あの、しっぽがべとべとしている、みすぼらしい空色《そらいろ》のウサギを出《だ》しました。そして、それを、ビネー先生《せんせい》の机《つくえ》のところまで持《も》っていくと、みんなのほうを向《む》いて、ぶすっとした調子《ちょうし》で、

「ただのぼろウサギです」と、いいました。

みんなは、ほとんど興味《きょうみ》をしめしませんでした。

「何《なに》か、このウサギさんについて、みんなに話《はな》したいことはないの？」と、ビネー先《せん》生《せい》がききました。

「ない」と、ハーウィはこたえました。「おかあさんが持《も》っていけっていうから、持《も》ってきただけだよ。」

「でも、先生《せんせい》は、あなたのウサギさんについて、お話《はな》しすることができますよ」と、ビネー先生《せんせい》はいいました。「このウサギは、とてもとてもかわいがられたウサギです。だから、こんなにぼろぼろになったのです。」

へえーっ。ラモーナは、すっかり感心《かんしん》しました。ラモーナの心《こころ》に、ネコがじゅうたんの上《うえ》に寝《ね》ころんで、このウサギを歯《は》でがっちりくわえ、後《うし》ろあしでめちゃくちゃにけっているようすがうかんできました。ハーウィがウサギを見《み》る目《め》つきは、どう考《かんが》えても、かわいがっているという感《かん》じではありませんでした。ラモーナは、ハーウィが、これはぼくのウサギじゃありません、というのを待《ま》っていました。けれども、ハーウィは、なんにもいいませんでした。ただ、じっと立《た》っているだけでした。

ハーウィが、これ以上《いじょう》みんなの前《まえ》で何《なに》もいう気《き》がないのを見《み》てとると、ビネー先生《せんせい》は、自分《じぶん》の机《つくえ》のひきだしをあけて、中《なか》に手《て》をつっこみながら、

「じゃ、先生《せんせい》が、そのウサギさんに、プレゼントをあげましょう」と、いいました。

そして、赤《あか》いリボンを出《だ》すと、ハーウィの手《て》からウサギをとって、それをウサギの首《くび》にまき、きれいなチョウむすびにしました。

「ほうら、ハーウィ。あなたのウサギさんに、すてきな、新《あたら》しいネクタイができまし

たよ。」
ハーウィは、口《くち》の中《なか》で、もそもそと「ありがとう」というと、大急《おおいそ》ぎで、ウサギを戸《と》だなの中《なか》にしまってしまいました。
ラモーナは、うれしくなりました。先《せん》生《せい》が自分《じぶん》の古《ふる》いウサギにくれたあの赤《あか》いリボンは、きのう自分《じぶん》がもらわなかったおかしのかわりだという気《き》がしました。
その日《ひ》の午前中《ごぜんちゅう》ずっと、ラモーナは、その赤《あか》いリボンを何《なに》に使《つか》おうかと考《かんが》えました。シボレーののこった髪《かみ》の毛《け》をたばねて、あれでむすんでもいいし、ビーザスにやって、何《なに》かいいものと交換《こうかん》してもらってもいい。からになった香水《こうすい》のびんとか、色《いろ》のついた紙《かみ》で、まだなんにも書《か》いていないのとか。けれども、ラモーナは、休《やす》み時《じ》間《かん》に、もっといいことを思《おも》いつきました。あのリボンは、ちゃんとした二輪《りん》の自転車《じてんしゃ》を買《か》ってもらうまで、たいせつにとっておくのです。そして、買《か》ってもらったら、スポークの間《あいだ》に、ぬうようにはさみこむのです。そしたら、車輪《しゃりん》がぐるぐる回《まわ》ったとき、赤《あか》い輪《わ》のように見《み》えるでしょう。そうです、それにかぎります。あの赤《あか》いリボンは、それに使《つか》うのです。

お昼《ひる》のベルが鳴《な》って外《そと》へ出《で》ると、おかあさんと、ケムプさんのおばさんと、ウィラジーンが、さくのところで待《ま》っていました。

「ハーウィ、ラモーナのウサギをわすれるんじゃありませんよ」と、ケムプさんのおばさんが、外《そと》から声《こえ》をかけました。

「ちぇっ、あのぼろか。」ハーウィは、ぶつぶついいましたが、ラモーナが、おかあさんたちのあとについて歩《ある》いている間《ま》に、戸《と》だなまで、ウサギをとりにかえりました。

「ハーウィは、無責任《むせきにん》でこまりますの」と、ケムプさんのおばさんがいっていました。

ハーウィは、みんなに追《お》いつくと、リボンをほどいて、ウサギだけを、ぐいとラモーナのほうにつきだして、

「ほら、おまえのぼろウサギ」と、いいました。

ラモーナは、ウサギを受《う》けとり、

「そのリボン、ちょうだいよ」と、いいました。

「これは、おまえのリボンじゃないよ。ぼくのリボンですからね」と、ハーウィはいいました。

二人《ふたり》のおかあさんたちは、子《こ》どもたちが、無責任《むせきにん》でこまるという話《はなし》にむちゅうになっていて、このけんかには、ぜんぜん気《き》がついていませんでした。

「ちがうわよ！　あたしのリボンよ！」と、ラモーナはいいました。

「ビネー先生《せんせい》は、ぼくにくれたんですからね。」

ハーウィがあんまりへいぜんとして、頭《あたま》から自分《じぶん》が正《ただ》しいときめてかかっているので、それが、ラモーナの頭《あたま》にかっときました。ラモーナは、いきなり手《て》をのばしてリボンをひったくろうとしました。けれども、ハーウィは、さっと手《て》をひっこめました。

「あたしのウサギの首《くび》にまいてくれたんだもん、あたしのリボンよ！」ラモーナは、声《こえ》を大《おお》きくしていいました。

「ちがうよ。」ハーウィは、声一《こえひと》つかえず、ピシャッとはねつけるようにいいました。

「男《おとこ》の子《こ》は、リボンなんていらないじゃない。だから、あたしにちょうだいよっ！」

と、ラモーナはいいました。

「おまえんじゃないよ」と、ハーウィは、あいかわらずへいぜんとして、ただし、自《じ》分《ぶん》の考《かんが》えだけは、がんとしてかえずにいいました。

ハーウィのこういうたいどは、ラモーナをかんかんにしました。ラモーナは、ハーウィにも、同《おな》じようにかっとしてもらいたいのです。おこってもらいたかったのです。

「あたしんだあ！」ラモーナは、ものすごい声《こえ》をはりあげておこりました。

とうとう、おかあさんたちも気《き》がついて、ふりかえりました。

「どうしたの？」と、ラモーナのおかあさんがききました。

「ハーウィが、あたしのリボン持《も》ってて、返《かえ》してくれないの。」ラモーナは、くやしくてくやしくて、今《いま》にも涙《なみだ》が出《で》

そうでした。

「こいつんじゃないんだもん」と、ハーウィがいいました。

二人《ふたり》のおかあさんは、顔《かお》を見《み》あわせました。

「ハーウィ、そのリボン、どこからもらってきたの?」と、ケムプさんのおばさんがききました。

「ビネー先生《せんせい》が、ぼくにくれたんだよ」と、ハーウィがいいました。

「あたしにくれたのよ。」ラモーナは、いっしょうけんめい涙《なみだ》をこらえながらいいました。「あたしのウサギの首《くび》にまいてくれたんだもの、あたしのリボンよ。」そんなことぐらい、だれだってわかるはずじゃありませんか――とんまじゃないかぎり。

「これ、ハーウィ。あんたみたいな大《おお》きな男《おとこ》の子《こ》が、リボンなんか持《も》ってどうするの?」と、ハーウィのおかあさんがいいました。

ハーウィは、おかあさんが、ほんとにそのこたえをいわせようとしていると思《おも》ったらしく、しばらく考《かんが》えました。

「うん……もし、たこがあったら、たこの尾《お》にむすべるしさ……。」

「あたしにやりたくないもんだから、あんなことというのよ」と、ラモーナはいいました。「けち！」

「けちじゃないよ」と、ハーウィはいいました。「おまえこそ、人《ひと》のものほしがってるじゃないか。」

「ちがう！」ラモーナは、わめきました。

「これこれ、ラモーナ」と、おかあさんはいいました。「たかがリボン一本《ぽん》ぐらいで、なにも、そんなに大《おお》さわぎすることないでしょ。おうちに帰《かえ》れば、ほかにリボンがたくさんあるじゃないの。」

ラモーナは、なんといっておかあさんにこの気持《きも》ちをわかってもらえばいいのかわかりませんでした。ほかのリボンとこのリボンはちがうのです。どんなリボンを持《も》ってきたって、このかわりにはなりません。このリボンは、ビネー先生《せんせい》が、自分《じぶん》にくれたリボンなのです。ラモーナは、ビネー先生《せんせい》がすきでした。だから、どうしても、このリボンがほしいのです。ラモーナは、ビネー先生《せんせい》が、今《いま》ここにいてくれればいいのに、と思《おも》いました。ビネー先生《せんせい》なら、おかあさんたちとちがって、ラモーナの気持《きも》ちをわかってくれるでしょう。ラモーナにいえたのは、「あたしんだあ」だけでした。

「わかった！」ケムプさんのおばさんが、まるで、すばらしい考《かんが》えがひらめいたとでもいうようにさけびました。「二人《ふたり》で、半分《はんぶん》こすればいいのよ。」

ラモーナとハーウィは、おたがいにちらっと相手《あいて》を見《み》ました。その目《め》つきは、何《なに》がわるいといって、リボンを半分《はんぶん》こするくらいわるいことはない、といっていました。その点《てん》では、二人《ふたり》の意見《いけん》は一致《いっち》していました。二人《ふたり》とも、この世《よ》の中《なか》には、けっして半分《はんぶん》こすることのできないものがあることを知《し》っていました。そして、ビネー先生《せんせい》のリボンも、その一《ひと》つでした。ラモーナは、そのリボンがほしかったのです。そっくりそのままほしかったのです。ハーウィみたいなきたならしい子《こ》に持《も》たせれば、きっとウィラジーンにやって、よだれでだめにしてしまうにきまっています。

「あら、それはいいこと」と、ラモーナのおかあさんがいいました。「ラモーナ、ハーウィに、とちゅうまで、持《も》たせてあげなさい。とちゅうから、今度《こんど》は、あなたが持《も》てばいいでしょ。」

「それで、そのあと、だれのものになるの？」ハーウィが、ちょうどラモーナが考《かんが》えていたのと同《おな》じことを、ききました。

「二《ふた》つに切《き》って、めいめいが、一本《ぽん》ずつ持《も》てばいいわ」と、ケムプさんのおばさんがいいました。「きょうは、ラモーナのうちで、いっしょにお昼《ひる》ごはんいただくことになっているから、おうちについたら、すぐに切《き》りましょう。」

ビネー先生《せんせい》のきれいなリボンを二《ふた》つにちょんぎるだなんて！　あんまりです。ラモーナは、わっと泣《な》きだしました。半分《はんぶん》になってしまえば、何《なに》をするにも短《みじか》すぎてだめです。たとえ、自転車《じてんしゃ》を買《か》ってもらったとしても、半分《はんぶん》では、一《ひと》つの車輪《しゃりん》のスポークにもたりません。シボレーの髪《かみ》をむすぶにも、短《みじか》すぎます。

「半分《はんぶん》こなんて、ごめんだよ」と、ハーウィがいいました。「半分《はんぶん》こ、半分《はんぶん》こ、半分《はんぶん》こ。おとなは、なにかっていえば、すぐ半分《はんぶん》こっていうんだから。」

ハーウィのこのことばを聞《き》いて、二人《ふたり》のおかあさんはわらいましたが、ラモーナは、なぜ二人《ふたり》がわらうのか、わかりませんでした。でも、ハーウィのいったことは、とてもよくわかりました。ハーウィがそういったことで、ラモーナは、ハーウィが、少《すこ》しすきになりました。だって、そんなふうに思《おも》うのは、自分《じぶん》だけかと、いつもなんだかいけないような気《き》がしていたからです。

「あら、ハーウィ。なにも、そんなにわるいことじゃありませんよ」と、ハーウィのおかあさんがいいました。

「わるいよう」と、ハーウィはいいました。ラモーナは、泣《な》き泣《な》き、うなずきました。

「さ、そのリボンちょうだい」と、ケムプさんのおばさんがいいました。「たぶん、ごはんがすんだら、少《すこ》し気分《きぶん》がよくなるんじゃない。」

ハーウィは、しぶしぶそのだいじなリボンをおかあさんにわたしました。そして、

「また、ツナのサンドイッチだろ」と、いいました。

「ハーウィ、失礼《しつれい》ですよ」と、ケムプさんのおばさんがいいました。

クインビー家《け》の玄関《げんかん》まで来《く》ると、ラモーナのおかあさんがいいました。

「おかあさんが、昼《ひる》ごはんのしたくをする間《あいだ》、あんたたち二人《ふたり》、三輪車《さんりんしゃ》で遊《あそ》んだら？」

「うん。そうしようぜ、ラモーナ」と、ハーウィはいいました。

二人《ふたり》のおかあさんは、両方《りょうほう》からウィラジーンのベビーカーを持《も》って、玄関《げんかん》の段《だん》だんをのぼりました。ラモーナとハーウィは、いやおうなしに二人《ふたり》きりにされました。

ラモーナは、段《だん》にこしをおろして、ハーウィのことを、なんていってやろうかと考《かんが》えました。オタンコナスくらいでは、まだいいたりません。学校《がっこう》で、年上《としうえ》の男《おとこ》の子《こ》た

ちがつかっていることばをつかえば、おかあさんが出《で》てきて、しかるにきまっています。もしかしたら、ちびのまぬけでいいかもしれません。

「おまえの三輪車《さんりんしゃ》、どこにあるんだい？」と、ハーウィがききました。

「車庫《しゃこ》」と、ラモーナはこたえました。「あたし、もう幼稚園《ようちえん》に入《はい》ったから、三輪車《さんりんしゃ》には乗《の》らないの。」

「なんで？」と、ハーウィはききました。

「だって、もう大《おお》きいんだもの」と、ラモーナはいいました。「この近所《きんじょ》のほかの子《こ》は、みんな自転車《じてんしゃ》に乗《の》ってるわ。三輪車《さんりんしゃ》に乗《の》るのは、あかちゃんだけよ。」

ラモーナは、この最後《さいご》のところに、力《ちから》を入《い》れていいました。ハーウィが、まだ三輪《さんりん》車《しゃ》に乗《の》っていることを知《し》っていたからです。リボンのことで、腹《はら》がたってたまらなかったので、何《なに》かハーウィをおこらせることをいってやりたかったのです。

ハーウィは、気《き》をわるくしたのかもしれませんが、それは、そぶりには出《だ》しません

でした。ラモーナのいったことを、いつもの調子《ちょうし》で、じっくり考《かんが》えているふうでした。そして、そのあとで、

「ねじ回《まわ》しとペンチがあったら、ぼく、車輪《しゃりん》一《ひと》つはずしてやるよ」と、いいました。

ラモーナは、かんかんになりました。

「あたしの三輪車《さんりんしゃ》こわそうっていうの？」

ハーウィときたら、あたしをこまらせることばっかり考《かんが》えてるんだ。

「こわすんじゃないよ」と、ハーウィはいいました。「ぼくは、しょっちゅう、車輪《しゃりん》をとったりはずしたりしてるんだ。前《まえ》の車輪《しゃりん》と、後《うし》ろの車輪《しゃりん》一《ひと》つで走《はし》れるよ。そしたら、二輪《りん》になるから、自転車《じてんしゃ》と同《おな》じだよ。」

ラモーナは、ハーウィのいうことを信用《しんよう》しませんでした。

「おい、やらせてくれよ、ラモーナ」と、ハーウィは、ラモーナのきげんをとるようにいいました。「ぼく、三輪車《さんりんしゃ》の車輪《しゃりん》、はずすのすきなんだ。」

ラモーナは、考《かんが》えました。

「もし、車輪《しゃりん》はずさせてあげたら、あたしにリボンくれる？」

「うん……まあ、やってもいいよ。」なんといっても、ハーウィは男《おとこ》の子《こ》でした。リボンなんかで遊《あそ》ぶより、三輪車《さんりんしゃ》の車輪《しゃりん》をはずすほうが、よっぽどおもしろかったのです。

ラモーナは、ハーウィが三輪車《さんりんしゃ》を二輪車《にりんしゃ》にかえることができるかどうか、あやしいと思《おも》っていました。でも、どんなことをしても、ビネー先生《せんせい》の赤《あか》いリボンを手《て》に入《い》れたいと思《おも》いました。

ラモーナは、自分《じぶん》の三輪車《さんりんしゃ》を、車庫《しゃこ》の外《そと》へひっぱってきました。それから、ペンチとねじ回《まわ》しをさがしてきて、それをハーウィにわたしました。

ハーウィは、道具《どうぐ》を受《う》けとると、てきぱきと仕事《しごと》にかかりました。まず、ねじ回《まわ》しを使《つか》って、車輪《しゃりん》のハブ*をはずしました。それから、車輪《しゃりん》を固定《こてい》させていたコッターピンを、ペンチでのばして軸《じく》からぬき、次《つぎ》に車輪《しゃりん》を車軸《しゃじく》からはずしました。そのあと、コッターピンを、もう一度《いちど》車軸《しゃじく》の穴《あな》にはめ、車軸《しゃじく》が動《うご》かないように、コッターピンのはしを曲《ま》げました。

「ほうら、できた」と、ハーウィは、満足《まんぞく》そうにいいました。このときばかりは、ハーウィは、自信《じしん》にみちて、うれしそうでした。「乗《の》るときは、ちょっとからだをかたむけるようにしないとだめだよ。」

ラモーナは、ハーウィの仕事《しごと》ぶりにすっかり感心《かんしん》してしまい、おこっていたのもわすれるくらいでした。たぶん、ハーウィのいったとおりだったのでしょう。ラモーナは、自分《じぶん》の三輪車《さんりんしゃ》のハンドルをにぎって、いすにまたがりました。車輪《しゃりん》をとってしまったほうに、からだをかたむけると、なんとかバランスがとれて、ラモーナは、不安《ふあん》定《てい》な、かしいだようなかっこうではありましたが、車庫《しゃこ》の前《まえ》の道《みち》を、表通《おもてどお》りまで進《すす》んでいきました。

「乗《の》れる！　乗《の》れるわ！」

＊ハブ……車輪《しゃりん》の中心《ちゅうしん》の部分《ぶぶん》。

歩道《ほどう》につくと、ラモーナは、大声《おおごえ》でさけびました。そして、そこでくるっと向《む》きをかえると、ペダルをふんでハーウィのところまでもどってきました。ハーウィは、自《じ》分《ぶん》の改造《かいぞう》がうまくいったので、ほこらしげに顔《かお》をかがやかせて立《た》っていました。

「だからぼくがいっただろ、乗《の》れるって」と、ハーウィは、じまんそうにいいました。

「はじめは、うそだと思《おも》った」と、ラモーナは正直《しょうじき》にいいました。

もうこれで、あかちゃんぽい三輪車《さんりんしゃ》に乗《の》らなくてすみます。

台所《だいどころ》のドアがあいて、ラモーナのおかあさんが二人《ふたり》をよびました。

「入《はい》ってらっしゃい。ツナのサンドイッチができましたよ。」

「見《み》て、あたしの自転車《じてんしゃ》だよ。」ラモーナは、からだをかたむけた不安定《ふあんてい》なしせいのまま、ペダルをふんで、ぐるぐる回《まわ》りながらいいました。

「あら、まあ、大《おお》きい子《こ》と同《おな》じね。どうやって、そうしたの？」おかあさんは、びっくりしていいました。

ラモーナは、止《と》まっていいました。

「ハーウィがやってくれて、乗《の》りかたも教《おし》えてくれたの。」

「まあ、そう！　えらいのね。ハーウィは、機械《きかい》いじりの才能《さいのう》があるのね」と、おかあさんはいいました。

ハーウィは、ほめられて、顔《かお》じゅうでにっこりしました。

「それにね、ママ」と、ラモーナはいいました。「ハーウィ、ビネー先生《せんせい》のリボン、あたしにくれるって。」

「そうだよ」と、ハーウィはいいました。「ぼく、リボンなんか持《も》ってたって、しょうがないもん。」

「あのリボン、あたしの自転車《じてんしゃ》の前《まえ》の車《くるま》のスポークに通《とお》すの。それで、速《はや》く走《はし》ったら、ぐるぐる回《まわ》って、赤《あか》い輪《わ》みたいに見《み》えるでしょ」と、ラモーナはいいました。

「さ、ハーウィ。早《はや》くおうちに入《はい》って、ツナのサンドイッチ食《た》べましょ。」

3

すわってする勉強《べんきょう》

　幼稚園《ようちえん》に通《かよ》っている子《こ》には、二《ふた》とおりありました——すなわち、ベルが鳴《な》るまえに、いわれたとおり、きちんとドアの前《まえ》に列《れつ》をつくって待《ま》っている子《こ》と、ぎりぎりまで運動場《うんどうじょう》で走《はし》りまわっていて、ビネー先生《せんせい》のすがたが見《み》えてから、あわてて列《れつ》に

入《はい》る子《こ》とです。ラモーナは、運動場《うんどうじょう》を走《はし》りまわるほうでした。

ある朝《あさ》、ラモーナが、運動場《うんどうじょう》を走《はし》りまわっていると、デービイが、交差点《こうさてん》のところで、いっしょに道《みち》をわたってもらおうと、ヘンリー・ハギンズを待《ま》っているのが目《め》に入《はい》りました。デービイは、黒《くろ》いケープを、二《ふた》つの大《おお》きな安全《あんぜん》ピンで肩《かた》のところにとめていました。なんだろう、とラモーナは思《おも》いました。

ヘンリーが、車《くるま》を二台《だい》と、セメントトラックを止《と》めて、デービイを安全《あんぜん》にわたらせてやるのを、ラモーナはじっと見《み》ていました。ラモーナは、見《み》れば見《み》るほど、デービイがすきになりました。デービイは、青《あお》い目《め》と、やわらかい茶色《ちゃいろ》の髪《かみ》をした、それはそれははずかしがり屋《や》のいい子《こ》なのです。ラモーナは、フォークダンスのときは、いつもデービイをパートナーにえらぼうとしました。「はい色《いろ》アヒル」のゲームをするときは、いつも——もう、「おかゆなべ」に入《はい》っていないかぎり——デービイを追《お》いかけました。

デービイが幼稚園《ようちえん》につくと、ラモーナは、すぐデービイのところへ走《はし》っていって、「あんた、バットマン?」と、ききました。

「ちーがう」と、デービイはこたえました。

「じゃ、スーパーマン?」と、ラモーナはききました。

「ちーがう。」

では、ほかのだれだというのでしょう——黒《くろ》いケープなんか着《き》て? ラモーナは、じっと考《かんが》えましたが、ほかに、ケープを着《き》ている人《ひと》は、だれも思《おも》いだせませんでした。

「ふうん、じゃあだれ?」と、ラモーナはききました。

「マイティマウス!」デービイは、ラモーナをけむにまいたのがうれしくて、すっとんきょうな声《こえ》を出《だ》していいました。

「あたし、あんたにキスしたげるわ、マイティマウス!」と、ラモーナも、負《ま》けずにキイキイ声《ごえ》をはりあげていいました。

デービイは走《はし》りだし、ラモーナは、そのあとを追《お》いました。ぐるぐる、ぐるぐる、二人《ふたり》は運動場《うんどうじょう》を走《はし》りました。デービイのケープが、ひらひらゆれました。雲梯《うんてい》の下《した》をくぐり、ジャングルジムをまわり、ラモーナは、デービイのあとを追《お》いました。

「デービイ、しっかり！　早《はや》くにげて！」みんなは、とんだりはねたりしながらさけびました。

やがて、ビネー先生《せんせい》が来《く》るのが見《み》えたので、みんなは、あわてて一列《れつ》にならびました。

それ以来《いらい》、毎朝《まいあさ》、運動場《うんどうじょう》に来《く》ると、ラモーナは、デービイを追《お》っかけました。つかまえて、キスしたいと思《おも》ったのです。

「あっ、ラモーナが来《き》た！」ラモーナが、道《みち》を歩《ある》いてくるのが見《み》えると、ほかの子《こ》どもたちはさけびました。「にげて、にげて、デービイ！　早《はや》く！」

そこで、デービイは走《はし》り、ラモーナがそのあとを追《お》いました。ぐるぐる、ぐるぐる、二人《ふたり》は運動場《うんどうじょう》を走《はし》り、ほかの子《こ》は、「しっかり、しっかり！」と、デービイを応援《おうえん》しました。

「あのちびは、もう少《すこ》し大《おお》きくなったら、陸上競技《りくじょうきょうぎ》をやるといいぜ。」ラモーナは、ある日《ひ》、道《みち》の向《む》こうの工事現場《こうじげんば》ではたらいている男《おとこ》の人《ひと》がそういっているのを聞《き》きました。

一度《いちど》、ラモーナは、もうちょっとでデービイをつかまえるところまでいきました。服《ふく》をつかんだのですが、デービイは、からだをくねらせてにげてしまったのです。そのひょうしに、デービイのワイシャツのボタンが一《ひと》つとれてとびました。デービイは、はじめて走《はし》るのをやめ、

「あっ、知《し》ーらないぞ、知《し》らないぞ！　おかあさんにいってやろ。おまえ、しかられるぞー」と、いいました。

ラモーナも、その場《ば》に立《た》ちどまりました。

「あたし、なんにもしないわよ。」ラモーナは、むっとしていいました。「あたしは、ただちょっとつかんだだけじゃない。ひっぱったのは、あんたですからね。」

「あっ、ビネー先生《せんせい》が来《き》た。」だれかがさけびました。

ラモーナもデービイも、あわてて、ドアの前《まえ》にならびました。

そのことがあってから、デービイは、まえよりもっとラモーナからはなれるようになりました。ラモーナは、それが悲《かな》しくてたまりませんでした。だって、デービイは、それはかわいい子《こ》だし、ラモーナは、それはデービイにキスしたかったからです。けれども、追《お》いかけっこをやめるほど悲《かな》しかったわけではないので、二人《ふたり》は、くる日《ひ》もくる日《ひ》も、ビネー先生《せんせい》のすがたが見《み》えるまで、運動場《うんどうじょう》をかけまわりました。

このころには、ビネー先生《せんせい》は、みんなに、ゲームや、幼稚園《ようちえん》のきまりや、あのわけのわからない「あかつきのほ」の歌以外《うたいがい》のことを、教《おし》えはじめていました。

ラモーナは、幼稚園《ようちえん》ですることは、二《ふた》つの種類《しゅるい》に分《わ》かれていると思《おも》いました。一《ひと》つは、動《うご》きまわってすることです。これには、ゲームや、ダンスや、フィンガーペインティング*や、遊《あそ》ぶことが入《はい》ります。もう一《ひと》つは、すわってすることで、これは、ふつうお勉強《べんきょう》とよばれていました。お勉強《べんきょう》は、まじめなことでした。このときは、みんな、自分《じぶん》の席《せき》にしずかにすわって、ほかの人《ひと》のじゃまをしないようにしなければいけません。ラモーナは、じっとすわっているのが苦手《にがて》でした。いつも、ほかの人《ひと》がどうしているか、見《み》たくてたまりませんでした。

「ラモーナ、よそ見《み》をしないで、自分《じぶん》のお勉強《べんきょう》をいっしょうけんめいなさい」と、ビネー先生《せんせい》はいいました。

ラモーナは、それをおぼえているときもありましたが、でも、すぐまたわすれてしまいました。

最初《さいしょ》のお勉強《べんきょう》のとき、みんなは、自分《じぶん》の家《いえ》の絵《え》をかくようにといわれました。学校《がっこう》では、ビーザスみたいに、読《よ》んだり書《か》いたりすることを習《なら》うのだと思《おも》っていたラモー

＊フィンガーペインティング……筆《ふで》を使《つか》わず指《ゆび》に絵《え》の具《ぐ》をつけて絵《え》をかくこと。

ナは、ちょっとがっかりしましたが、それでも、すぐ新《あたら》しいクレヨンを使《つか》って、窓《まど》が二《ふた》つにドアが一《ひと》つ、それに赤《あか》いえんとつのついた自分《じぶん》の家《いえ》の絵《え》をかきました。緑《みどり》のクレヨンで、植《う》えこみもいくつかかきました。ラモーナの近所《きんじょ》に住《す》んでいる人《ひと》なら、だれでも、すぐ、これはラモーナの家《いえ》だとわかったでしょう。けれども、ラモーナは、なぜか、これだけでは満足《まんぞく》できませんでした。そこで、ほかの人《ひと》はどうしているだろうと、まわりを見《み》てみました。

スーザンは、自分《じぶん》の家《いえ》の絵《え》をかいて、その上《うえ》に、ポインポインカールの女《おんな》の子《こ》が、窓《まど》から外《そと》を見《み》ているところをかいていました。

ハーウィは、家《いえ》の横《よこ》に車庫《しゃこ》をかき、車庫《しゃこ》の戸《と》があいて、中《なか》に車《くるま》が入《はい》っているところをかいていました。家《いえ》の前《まえ》の道《みち》には、オートバイもおいてありました。

デービイの家《いえ》は、まるで男《おとこ》の子《こ》が、少《すこ》しばかりの古《ふる》い板《いた》きれでたてたクラブ小屋《ごや》のように見《み》えました。それも、くぎがたりなかったみたいに、ふにゃっとかた方《ほう》にたおれかかっていました。

ラモーナは、自分《じぶん》の絵《え》をよくながめた結果《けっか》、何《なに》かもうちょっと手《て》をくわえたら、もっとおもしろくなるにちがいない、と思《おも》いました。いろんな色《いろ》のクレヨンを考《かんが》えてから、ラモーナは、黒《くろ》をえらんで、窓《まど》からもくもくと黒《くろ》いけむりがたくさん出《で》ているところをかきました。

「絵《え》の上《うえ》にいたずらがきしちゃ、いけないんだぞ」と、ハーウィがいいました。ハーウィも、すぐ、人《ひと》のしていることを見《み》るくせがあったのです。

ラモーナは、かっとしました。

「これ、いたずらがきじゃないわ。黒《くろ》いところも、絵《え》のうちよ。」

ビネー先生《せんせい》が、みんなによく見《み》えるように、自分《じぶん》のかいた絵《え》を、黒板《こくばん》のみぞのところに立《た》てかけるように、といいました。こうしてみると、ラモーナの絵《え》が、まっさきに、みんなの注意《ちゅうい》をひきました。ぐいぐいと、力強《ちからづよ》い線《せん》でかかれていたのと、あの、まっくろのもくもくのためでした。

「先生《せんせい》、ラモーナったら、自分《じぶん》のうち、めちゃくちゃにしてます」と、スーザンがいいました。

このときまでに、もうみんなにわかっていたことですが、スーザンは、自分《じぶん》がおかあさんになって、えらそうにしたいために、ままごとをしようというようなタイプの子《こ》だったのです。

「ちがうわ！」ラモーナは、必死《ひっし》になって自分《じぶん》の絵《え》を弁護《べんご》しました。

みんなは、ラモーナの絵《え》を、誤解《ごかい》しているのです。もしかしたら、絵《え》をもっとおもしろく見《み》せようとしたのは、まちがいだったのかもしれません。もしかしたら、ビネー先生《せんせい》は、おもしろい絵《え》が、きらいなのかもしれません。

「だって、めちゃくちゃにしてるじゃないか！　ほら、これ！」ジョーイが、黒板《こくばん》のところへ走《はし》っていって、ラモーナの絵《え》のまっくろなもくもくを指《ゆび》でさしました。

みんなは――ラモーナもふくめて――ビネー先生《せんせい》が、絵《え》の上《うえ》にいたずらがきをしてはいけませんとおっしゃるだろうと思《おも》って、待《ま》っていました。けれども、先生《せんせい》は、ただにっこりわらって、こういっただけでした。

「ジョーイ、ちゃんとお席《せき》にすわってなさい。ラモーナ、あなた、この絵《え》のお話《はなし》してくれる？」

「あたし、いたずらがきしたんじゃありません」と、ラモーナはいいました。

「もちろん、そうですよね」と、ビネー先生《せんせい》はいいました。

ラモーナは、このひとことで、まえよりもっと先生《せんせい》がすきになりました。

「これは——これは、いたずらがきじゃないんです。窓《まど》から、けむりが出《で》ているところです。」

「どうして、窓《まど》から、けむりが出《で》ているの？」と、ビネー先生《せんせい》は、重《かさ》ねてやさしく、たずねました。

「暖炉《だんろ》に、火《ひ》がもえてて、そして、えんとつがつまっているからです」と、ラモーナは説明《せつめい》しました。「えんとつは、サンタクロースでつまってるんです。絵《え》には出《で》ていないけど。あたし、絵《え》を、おもしろくしようと思《おも》ったんです。」

ラモーナは、ビネー先生《せんせい》を見《み》あげて、はずかしそうにわらいました。

ビネー先生《せんせい》は、ラモーナに、にっこりわらいかえしました。

「ほんと。ほんとにおもしろくなりましたよ」と、先生《せんせい》はいいました。

デービイが、心配《しんぱい》そうにききました。

「サンタクロース、どうやって外《そと》へ出《で》るんだい？　いつまでも、えんとつの中《なか》にいるんじゃないだろ?」

「あたりまえよ。ちゃんと出《で》てくるわ。あたし、そこんとこ絵《え》にかかなかっただけよ」と、ラモーナはいいました。

そのあくる日《ひ》、すわってするお勉強《べんきょう》は、もっとむずかしくなりました。ビネー先生《せんせい》は、みんなに、きょうは、活字体《かつじたい》で、自分《じぶん》の名《な》まえを書《か》く勉強《べんきょう》をしましょう、といいました。

ラモーナは、すぐさま、この名《な》まえというしろものは、公平《こうへい》じゃないと見《み》てとりました。ビネー先生《せんせい》は、一人一人《ひとりひとり》に、その子《こ》の名《な》まえが書《か》いてあるカードをくれましたが、それを見《み》ると、たとえば、ラモーナという名《な》まえは、アンという名《な》の女《おんな》の子《こ》や、ジョーという名《な》の男《おとこ》の子《こ》より、むずかしいことが、ひと目《め》でわかりました。ということは、ラモーナは、ほかの子《こ》より、よけい勉強《べんきょう》しなければならないということです。よけい勉強《べんきょう》するのがいやだというのではありません――ラモーナは、早《はや》く読《よ》むことや書《か》くことを習《なら》いたくてたまらなかったのですから。でも、うちのなかでも、近所《きんじょ》でも、いつもいちばん小《ちい》さかったラモーナとしては、ものごとが、不公平《ふこうへい》にならないように、見《み》はるしゅうかんがついていたのでした。

ラモーナは、ビネー先生《せんせい》の書《か》いてくださったお手本《てほん》のとおりに、ていねいにR《アール》を書《か》きました。次《つぎ》のA《エイ》は、かんたんでした。A《エイ》なら、あかんぼうにだって書《か》けます。ビネー先生《せんせい》は、A《エイ》は、魔女《まじょ》の帽子《ぼうし》のように、さきがとんがっている、といいました。ラモーナは、ことしのハロウィンの仮装行列《かそうぎょうれつ》には、魔女《まじょ》になるつもりだったのです。O《オー》も、かんたんでした。O《オー》は、丸《まる》い、ふうせんです。なかには、空気《くうき》のもれたふうせんのようなO《オー》を書《か》いている子《こ》もいましたが、ラモーナのO《オー》は、パンパンにふくらんでいました。

「ほら、ラモーナのO《オー》は、とてもいいO《オー》ですよ。空気《くうき》がいっぱい入《はい》って、まあるくふくらんだふうせんみたい」と、ビネー先生《せんせい》は、みんなにいいました。

ラモーナの胸《むね》は、うれしさで、はちきれそうになりました。先生《せんせい》が、あたしのO《オー》が、いちばんいいっていってくれた！

ビネー先生《せんせい》は、机《つくえ》の間《あいだ》を歩《ある》きながら、肩《かた》ごしに、みんなの字《じ》を見《み》てまわりました。そして、「そうそう、そうですよ。A《エイ》のさきが、じょうずに、とんがりましたね」とか、「とんがりお山《やま》のA《エイ》ですよ。ああ、デービイ、そうじゃないわ。D《ディー》の向《む》きが、反《はん》対《たい》ですよ。まあ、カレン、とってもよく書《か》けたわ。みなさん、カレンのK《ケイ》は、背中《せなか》がしゃんと、まっすぐにのびてますよ」とかいいました。

ラモーナは、自分《じぶん》の名《な》まえにもK《ケイ》があったらいいのに、と思《おも》いました。そしたら、背中《せなか》をまっすぐのばしたK《ケイ》を書《か》くのに……。ラモーナは、ビネー先生《せんせい》が、アルファベットの一字《じ》一字《じ》について、説明《せつめい》するしかたがおもしろいので、自分《じぶん》の名《な》まえを書《か》きながら、しばらくそれに聞《き》きいっていました。

ラモーナの前《まえ》の席《せき》にいるスーザンは、書《か》きながら、自分《じぶん》のまき毛《げ》をおもちゃにしていました。くるくると指《ゆび》にまきつけて、キュッとひっぱって、パッとはなすのです。ボイーン！　ラモーナは、反射的《はんしゃてき》に、心《こころ》のなかで、そういいました。「だめ「ラモーナ、よそ見《み》をしないで、書《か》きなさい」と、ビネー先生《せんせい》がいいました。「だめだめ、デービイ。D《ディー》は、反対向《はんたいむ》いてるのよ。」

ラモーナは、もう一度《いちど》、自分《じぶん》の紙《かみ》の上《うえ》にかがみこみました。自分《じぶん》の名《な》まえでいちばんむずかしいのは、M《エム》とN《エヌ》でした。どっちが山《やま》が二《ふた》つで、どっちが一《ひと》つだったか、すぐわからなくなるのです。そこで、ときどき、RANOMA《ラノーマ》と書《か》いてしまったりしました。けれども、しばらくするうちに、山二《やまふた》つのがさきにくるのだということをおぼえました。

「よく書《か》けたわ、ラモーナ。」

ラモーナが、はじめてまちがいなく自分《じぶん》の名《な》まえを書《か》いたとき、ビネー先生《せんせい》が、こういって、ほめてくれました。ラモーナは、うれしいのと、先生《せんせい》がすきだ！　という気持《きも》ちとで、思《おも》わず両手《りょうて》で、自分《じぶん》をだきしめました。

しばらくするうちに、ラモーナは、自分《じぶん》の名《な》まえを、ビーザスが書《か》くように、おとな流《りゅう》のつづけ字《じ》でだって書《か》けると思《おも》うようになりました。

それから、ラモーナは、ほかの子《こ》のなかに、名《な》まえのあとに、よぶんの字《じ》が一《ひと》つついて、そのあとに点《てん》がついている子《こ》がいるのに気《き》がつきました。

「ビネー先生《せんせい》、どうしてあたしの名《な》まえは、よぶんの字《じ》と点《てん》がついてないの？」と、ラ

モーナはききました。

「それはね、この組《くみ》には、ラモーナという名《な》まえの人《ひと》は、あなた一人《ひとり》しかいないからよ」と、ビネー先生《せんせい》はいいました。「エリックは、二人《ふたり》いるでしょう。エリック・ジョーンズと、エリック・ライアンと。だから、どっちがどっちかわからなくならないように、エリック・J《ジェイ》、エリック・R《アール》というふうにくべつするの。」

ラモーナは、ほかの人《ひと》がつけているものなら、自分《じぶん》もつけたいと思《おも》いました。そこで、

「あたしも、名《な》まえのあとに、もう一《ひと》つ字《じ》つけて、そのあとに点《てん》つけてもいいですか?」と、先生《せんせい》にきいてみました。これくらいのことなら、先生《せんせい》も、ラモーナが、しつこくおねだりしているとは思《おも》わないでしょう。

ビネー先生《せんせい》は、にっこりわらって、ラモーナの机《つくえ》の上《うえ》にかがみこみました。

「ええ、もちろんいいですよ。あなたのは、クインビーだからQ《キュー》。Q《キュー》は、こういうふ

うに書《か》くの。はじめに、まん丸《まる》のO《オー》を書《か》いて、それに、ネコのしっぽのような、かわいいしっぽをつけるの。それから、点《てん》。これは、ピリオドっていうのよ。」

それから、ビネー先生《せんせい》は、ほかの人《ひと》の名《な》まえを見《み》に、向《む》こうへ歩《ある》いていきました。

ラモーナは、自分《じぶん》の名字《みょうじ》の頭文字《かしらもじ》に、すっかり感心《かんしん》しました。そして、ビネー先生《せんせい》が書《か》いてくれたお手本《てほん》の横《よこ》に、まん丸《まる》のO《オー》を書《か》きました。それから、それにしっぽをくっつけ、からだを起《お》こして、じっとながめてみました。自分《じぶん》の名《な》まえには、ふうせんが一《ひと》つと、ハロウィンのとんがり帽子《ぼうし》が二《ふた》つあり、名字《みょうじ》には、ネコが一ぴきいるわけです。幼稚園《ようちえん》の午前組《ごぜんぐみ》のなかに、こんなおもしろい名《な》まえの人《ひと》、ほかにいるかしら、とラモーナは思《おも》いました。

次《つぎ》の日《ひ》、すわってする勉強《べんきょう》の時間《じかん》に、ビネー先生《せんせい》が、S《エス》のつく名《な》まえの人《ひと》に、S《エス》の書《か》きかたを教《おし》えている間《あいだ》、ラモーナは、Q《キュー》を書《か》く練習《れんしゅう》をしました。名《な》まえにS《エス》のある子《こ》は、みんな、苦労《くろう》していました。

「ちがいますよ、スーザン。S《エス》は、まっすぐ立《た》たないといけません。横《よこ》に寝《ね》ると、シャクトリムシが地面《じめん》をはっているみたいでしょう」と、ビネー先生《せんせい》はいいました。

スーザンは、まき毛《げ》をひっぱって、パッとはなしました。

ボイーン！　ラモーナは、心《こころ》のなかでいいました。

「おやおや、たくさんのS《エス》が、シャクトリムシみたいに、紙《かみ》の上《うえ》をはってますよ」

と、ビネー先生《せんせい》はいいました。

ラモーナは、自分《じぶん》の名《な》まえに、S《エス》がついてなくてよかった、と思《おも》いました。もう一《ひと》つQ《キュー》を書《か》き、満足《まんぞく》してそれをながめているうちに、ラモーナの手《て》が、ひとりでにひょいひょいと動《うご》いて、両《りょう》がわにとんがった耳《みみ》を二《ふた》つと、ひげをつけていました。

こうすると、Q《キュー》は、ネコが、暖炉《だんろ》の前《まえ》のしきものの上《うえ》にすわっているところ、そっくりになりました。これを見《み》たら、ビネー先生《せんせい》は、どんなによろこぶでしょう。先生《せんせい》は、きっと、みんなに、

「みなさん、ラモーナの書《か》いたすてきなQ《キュー》を見《み》てごらんなさい。小《ちい》さなネコそっくりですよ」と、いうにちがいありません。

「だめだめ、デービイ。D《ディー》は、角《かど》っこを四《よっ》つもつけちゃいけないのよ。角《かど》っこは二《ふた》つだけ、あとは、ムネアカコマドリの胸《むね》のように、まあるくしなきゃ」と、ビネー先生《せんせい》はいっていました。

先生《せんせい》のことばがあんまりおもしろいので、ラモーナは、自分《じぶん》も、デービイのD《ディー》を見《み》たくてたまらなくなりました。そこで、ビネー先生《せんせい》が、デービイの席《せき》をはなれるのを待《ま》って、こっそり立《た》ちあがり、デービイの机《つくえ》のところへ行《い》きました。でも、ラモーナは、デービイのD《ディー》を見《み》て、がっかりしました。

「そのD《ディー》、コマドリみたいじゃないじゃない。だって、羽《はね》がないもん。コマドリだったら、羽《はね》があるはずでしょう」と、ラモーナは、ひそひそ声《ごえ》でいいました。

ラモーナは、自分《じぶん》の家《いえ》の前《まえ》の芝生《しばふ》で、コマドリが、虫《むし》をつついているのを、何度《なんど》も見《み》て知《し》っていました。どのコマドリも、みんな、胸《むね》に羽《はね》をつけていました。風《かぜ》でふわふわするようなやわらかい羽《はね》です。

デービイは、自分《じぶん》の書《か》いた字《じ》を、じっとながめました。それから、けしゴムで、D《ディー》の丸《まる》いほうの半分《はんぶん》を消《け》すと、ギザギザをつけて書《か》きなおしました。 それは、ビネー先生《せんせい》の書《か》いたD《ディー》にはにていませんでしたが、ラモーナの意見《いけん》によれば、まえより、うんとコマドリににて見《み》えました。コマドリの胸《むね》の羽《はね》が、風《かぜ》にさかだっているところです。それこそ、ビネー先生《せんせい》のいわれたとおりではありませんか。ムネアカコマドリの胸《むね》のようなD《ディー》ですよって。

「よくできたわ、デービイ。」ラモーナは、先生《せんせい》の口《くち》まねをしていいました。

こんなにほめてあげたんだもの、もしかしたら、デービイ、わたしにキスさせてくれるかもしれない……。

「ラモーナ、自分《じぶん》のお席《せき》にいなさい」と、ビネー先生《せんせい》はいいました。

それから、デービイの机《つくえ》にもどってきて、デービイの書《か》いた字《じ》を見《み》ました。

「これじゃだめよ、デービイ。D《ディー》のまあるいところは、ムネアカコマドリの胸《むね》のように、なだらかに書《か》くって、いったでしょう？　あなたのは、ギザギザがいっぱいついているじゃありませんか。」

デービイは、こまったような顔《かお》をしました。

「これは、羽《はね》です。コマドリの羽《はね》です」と、デービイはいいました。

「ああ、そうだったの。ごめんなさい、デービイ。でもね……。」

ビネー先生《せんせい》は、なんといっていいかわからないようすでした。

「でもね、羽《はね》を一まい一まい書《か》きなさいっていう意味《いみ》じゃなかったの。まあるく、なだらかに書《か》きなさいっていう意味《いみ》だったの。」

「ラモーナが、こういうふうに書《か》けっていったんです。ラモーナが、コマドリには、羽《はね》がなきゃおかしいっていったんです」と、デービイはいいました。

「ラモーナは、先生《せんせい》じゃないでしょ。」ビネー先生《せんせい》の声《こえ》は、おこっているというのではありませんが、いつものやさしい声《こえ》とはちがいました。「先生《せんせい》のお手本《てほん》のとおりに書《か》きなさい。ラモーナのいうことは、きかなくてもいいの。」

ラモーナは、頭《あたま》がこんぐらかってきました。ものごとは、どうして、こう思《おも》いがけないふうに、わるい結果《けっか》になってしまうのでしょう。ビネー先生《せんせい》は、D《ディー》は、ムネアカコマドリのように書《か》かなくちゃいけませんって、おっしゃったではありませんか。そして、コマドリには、羽《はね》があるじゃありませんか。それなら、D《ディー》に、羽《はね》をつけるのが、どうしていけないのでしょう？

デービイは、けしゴムをとって、もう一度《いちど》D《ディー》の半分《はんぶん》を消《け》しながら、ぎろっと目《め》をむいて、ラモーナをにらみつけました。あんまりらんぼうに消《け》したので、紙《かみ》がくしゃくしゃになってしまいました。

「見《み》ろ、おまえのせいだぞ」と、デービイはいいました。

ラモーナは、たまらなくなりました。大《だい》すきなデービイ、あんなにあいしているデービイが、自分《じぶん》に腹《はら》をたてているなんて。こうなったら、デービイは、もっと速《はや》く走《はし》るでしょう。そして、ラモーナは、けっしてデービイをつかまえて、キスすることができないでしょう。

それに、それよりもっといけないことは、ビネー先生《せんせい》が、羽《はね》のついたD《ディー》がきらいだということです。とすれば、先生《せんせい》は、たぶん、耳《みみ》とひげのついたQ《キュー》も、きらいにちがいありません。残念《ざんねん》でしたが、ラモーナは、先生《せんせい》に見《み》つからないように、大急《おおいそ》ぎで、Q《キュー》の耳《みみ》とひげを消《け》しました。耳《みみ》とひげをとってしまったQ《キュー》は、なんと、そっけなく、つまらなく見《み》えることでしょう。これでは、ただしっぽがついているだけで、O《オー》とちっともかわりありません。サンタクロースがえんとつにつまったので、暖炉《だんろ》からけむりが出《で》たということはわかってくれたビネー先生《せんせい》も、ラモーナが、Q《キュー》に耳《みみ》やひげをつけたと知《し》ったら、いいとはおっしゃらなかったにちがいありません。字《じ》を書《か》くことと、絵《え》をかくことは、同《おな》じではないのですから。

ラモーナは、ビネー先生《せんせい》が大《だい》すきだったので、先生《せんせい》がいけないとおっしゃるようなことはしたくありませんでした――ぜったいに。だって、ビネー先生《せんせい》は、世界《せかい》じゅうで、いちばん、いちばんいい先生《せんせい》なのですもの。

4

かわりの先生《せんせい》

ラモーナとハーウィが、幼稚園《ようちえん》に通《かよ》いはじめてしばらくたつと、二人《ふたり》のおかあさんは、二人《ふたり》がもう自分《じぶん》たちだけで幼稚園《ようちえん》に行《い》けるだろう、とはんだんしました。ケムプさんのおばさんは、ウィラジーンをベビーカーに乗《の》せて、ハーウィ

をラモーナのうちまで送《おく》ってきました。ラモーナのおかあさんは、ケムプさんのおばさんに、入《はい》って、コーヒーでも飲《の》んでいらしたら、とすすめました。

「おまえ、いろんなもの全部《ぜんぶ》、かたづけといたほうがいいぞ。」おかあさんが、妹《いもうと》を、ベビーカーからだきあげるのを見《み》て、ハーウィはラモーナにいいました。「ウィラジーンは、はいはいして、なんでも口《くち》に入《い》れてかんじゃうから。」

ラモーナは、この忠告《ちゅうこく》をありがたく受《う》けいれて、自分《じぶん》のへやのドアをしめました。

「いい、ハーウィ。道《みち》をわたるときは、かならず、右左《みぎひだり》を見《み》なきゃだめよ」と、ハーウィのおかあさんがいいました。

「おまえもよ、ラモーナ。ちゃんと、歩《ある》いていくのよ、歩道《ほどう》の上《うえ》をね。車道《しゃどう》に走《はし》りでたりしないのよ」と、ラモーナのおかあさんがいいました。

「道《みち》をわたるときは、横断歩道《おうだんほどう》の白《しろ》い線《せん》のあるところを通《とお》るのよ」と、ハーウィのおかあさんがいいました。

「学校《がっこう》のそばでは、交通当番《こうつうとうばん》の男《おとこ》の子《こ》が、合図《あいず》してくれるまで、待《ま》っているのよ」と、ラモーナのおかあさんがいいました。

「それから、知《し》らない人《ひと》に話《はな》しかけられても、返事《へんじ》するんじゃありませんよ」と、ハーウィのおかあさんがいいました。

ラモーナとハーウィは、自分《じぶん》たちだけで学校《がっこう》に行《い》くという責任《せきにん》の重《おも》さに、おしつぶされそうになりながら、とぼとぼと表《おもて》の通《とお》りへ歩《ある》きだしました。

ハーウィは、いつもよりもっとむっつりしていました。というのは、幼稚園《ようちえん》の午前《ごぜん》組《ぐみ》のなかで、おしりにポケットが一《ひと》つしかついていないズボンをはいているのは、ハーウィ一人《ひとり》だったからです。ほかの子《こ》は、みんな、二《ふた》つポケットのついたズボンをはいていました。

「ばかみたい」と、ラモーナはいいました。

ラモーナは、今《いま》でも、ハーウィのこととなると、なんだかすごくしゃくにさわるのです。もし、今《いま》のズボンがいやなら、大《おお》さわぎして、新《あたら》しいズボンを買《か》ってもらえばいいではありませんか。

「ばかみたいなことじゃないよ。ポケットが一《ひと》つしかついてないズボンなんて、あかんぼうのはくもんだ」と、ハーウィはいいました。

交差点《こうさてん》に来《く》ると、ラモーナとハーウィは、立《た》ちどまって、左右《さゆう》をよく見《み》ました。少《すこ》しさきから、車《くるま》が一台来《だいく》るのが見《み》えたので、二人《ふたり》は、じっと待《ま》っていました。その車《くるま》は、長《なが》いことたってやっと二人《ふたり》の前《まえ》を通《とお》りすぎました。そこで、さてわたろうとすると、今度《こんど》は、べつの方向《ほうこう》から、また車《くるま》が来《き》ました。そこで、二人《ふたり》は、もうしばらく待《ま》ちました。とうとう、どちらにも車《くるま》はいなくなりました。二人《ふたり》は、急《いそ》ごうとするあまり、からだをこちこちにして、息《いき》をつめて、向《む》こうへわたりました。

無事《ぶじ》に向《む》こうにわたりついたとき、ハーウィは、ほっとして、「ふうっ！」と、ため息《いき》をつきました。

次《つぎ》の交差点《こうさてん》は、楽《らく》でした。というのは、交通当番《こうつうとうばん》のヘンリー・ハギンズが、交通係《こうつうがかり》の着《き》る赤《あか》いセーターを着《き》て、黄色《きいろ》い帽子《ぼうし》をかぶり、交差点《こうさてん》に立《た》っていたからです。ヘンリーは、手《て》をあげて、学校《がっこう》の向《む》かいがわに建設中《けんせつちゅう》のマーケットに、セメントや材木《ざいもく》を運《はこ》ぶ大《おお》きなトラックを止《と》めたりしていましたが、ラモーナは、べつに、ヘンリーのことを、こわいともすごいとも思《おも》いませんでした。だって、ヘンリーと、ヘンリーの犬《いぬ》のアバラーのことは、もうずっとまえから、よく知《し》っていたからです。ラモーナは、ヘンリーが、交通当番《こうつうとうばん》だからだけでなく、新聞配達《しんぶんはいたつ》をしていることで、そんけいしていました。

ラモーナは、ヘンリーを見《み》ました。ヘンリーは、足《あし》を開《ひら》いて立《た》ち、両手《りょうて》を後《うし》ろで組《く》んでいました。アバラーが、自分《じぶん》も交通当番《こうつうとうばん》のような顔《かお》をして、そのそばにすわっていました。ラモーナは、ヘンリーがなんというかと思《おも》って、ためしにちょっと車道《しゃどう》に出《で》てみました。

「ラモーナ、歩道《ほどう》にもどりなさい。」ヘンリーは、建設現場《けんせつげんば》から聞《き》こえる音《おと》に負《ま》けない声《こえ》で命令《めいれい》しました。

ラモーナは、かた足《あし》だけ歩道《ほどう》にもどしました。

「両方《りょうほう》ともだ、ラモーナ」と、ヘンリーはいいました。

ラモーナは、かかとを歩道《ほどう》のはしにかけ、つまさきは、車道《しゃどう》のほうに出《だ》して立《た》ちました。これでは、歩道《ほどう》に立《た》っていないとはいえないので、ヘンリーは、ただ、だまってじろっとにらんだだけでした。道《みち》をわたる生徒《せいと》が何人《なんにん》かたまると、ヘンリーは、みんなのさきに立《た》って、道《みち》をわたりました。アバラーが、しっぽをぴんとおっ立《た》てて、そのあとにつづきました。

「やめろよ、アバラー」と、ヘンリーは、舌打《したう》ちしながらいいました。でも、アバラーは、知《し》らん顔《かお》をしていました。

ヘンリーは、ラモーナのすぐ前《まえ》で、ほんとの兵隊《へいたい》さんみたいに、機敏《きびん》な動《うご》きで回《まわ》れ

右《みぎ》をしました。ラモーナは、自分《じぶん》のくつがヘンリーのくつをふむくらい、ヘンリーにくっついて歩《ある》きました。ほかの子《こ》が、それを見《み》てわらいました。

向《む》こうがわの歩道《ほどう》につくと、ヘンリーは、また軍隊式《ぐんたいしき》にきりっと回《まわ》れ右《みぎ》をしようとして、すぐあとについてきていたラモーナにつまずきました。

「やめろよう、ラモーナ」と、ヘンリーは、こわい声《こえ》でいいました。「やめないと、先生《せんせい》にいいつけるぞ。」

「幼稚園《ようちえん》の子《こ》のことをいいつけたりするやつなんていないよ」と、大《おお》きい子《こ》がひやかしました。

「ラモーナがやめなければ、幼稚園《ようちえん》だってなんだっていいつけるさ」と、ヘンリーはいいました。

ヘンリーは、明《あき》らかに、ラモーナの通《とお》る交差点《こうさてん》の交通当番《こうつうとうばん》にあたったことを、不運《ふうん》だと思《おも》っているようでした。

おとなのつきそいなしに道《みち》をわたったことと、こんなにもヘンリーの注意《ちゅうい》をひいたことで、ラモーナは、すっかり気《き》をよくしていました。きょうは、すべりだし好調《こうちょう》です。ところが、ハーウィとつれだって、幼稚園《ようちえん》の建物《たてもの》の近《ちか》くまで来《き》たラモーナは、幼《よう》稚園《ちえん》のようすがいつもとちがうことに、すぐに気《き》がつきました。

教室《きょうしつ》に入《はい》るドアは、もうあいていて、ジャングルジムで遊《あそ》んでいる子《こ》が、一人《ひとり》もいないのです。運動場《うんどうじょう》で走《はし》りまわっている子《こ》も、一人《ひとり》もいません。ドアの前《まえ》に、ならんで待《ま》っている子《こ》さえ、一人《ひとり》もいませんでした。子《こ》どもたちは、おびえたネズミのように、あっちこっちに、二、三人《にん》ずつかたまっていました。みんな、心配《しんぱい》そうな顔《かお》をして、ときどき、勇気《ゆうき》があるみたいにふるまってみせる子《こ》が、かけていって、あいているドアから中《なか》をのぞいては、走《はし》ってかえってきて、ほかの子《こ》に何《なに》か報告《ほうこく》していました。

「どうしたの?」と、ラモーナはききました。

「ビネー先生《せんせい》がいないの。だれか知《し》らない、ちがう先生《せんせい》がいるの」と、スーザンが、ひそひそ声《ごえ》でいいました。

「かわりの先生《せんせい》だってさ」と、エリック・R《アール》がいいました。

ビネー先生《せんせい》がいらっしゃらないって！　スーザンは、何《なに》かかんちがいをしているにちがいありません。だって、ビネー先生《せんせい》がいらっしゃらないはずがありません。ビネー先生《せんせい》がいらっしゃらなければ、幼稚園《ようちえん》は、幼稚園《ようちえん》にならないではありませんか。

ラモーナは、自分《じぶん》の目《め》で真相《しんそう》をたしかめようと、走《はし》っていって、ドアから中《なか》をのぞきました。スーザンのいったとおりでした。ビネー先生《せんせい》のすがたは見《み》えず、先生《せんせい》の机《つくえ》のところには、知《し》らない人《ひと》がいて、なんだかいそがしそうにしていました。その人《ひと》は、ビネー先生《せんせい》より背《せ》が高《たか》く、年《とし》をとっていました。おかあさんくらいの年《とし》でした。洋服《ようふく》は茶色《ちゃいろ》で、地味《じみ》なくつをはいていました。

これは、ラモーナには、まったく承認《しょうにん》しがたい事態《じたい》でした。そこで、ラモーナは、かたまっているみんなのところへ走《はし》ってかえっていいました。

「ねえ、どうする？」

ラモーナは、自分《じぶん》が、ビネー先生《せんせい》に見《み》すてられたような気《き》がしました。先生《せんせい》が、うちに帰《かえ》ったきりもどってこないなんて、ゆるせない気《き》がしました。

「あたし、うちに帰《かえ》ろうかしら？」と、スーザンがいいました。

ラモーナは、そんなことをいうなんて、スーザンは、あかちゃんみたいだ、と思《おも》いました。これまでにも、幼稚園《ようちえん》からうちににげてかえった子《こ》は、何人《なんにん》もいます。そして、ラモーナは、その子《こ》たちがどんなめにあったか、よく知《し》っていました。その子《こ》たちは、おかあさんにひっぱられて、幼稚園《ようちえん》につれもどされたのです。そうです。うちへ帰《かえ》ってもなんにもなりません。

「かわりの先生《せんせい》、きっと幼稚園《ようちえん》のきまりも知《し》らないぜ」と、ハーウィがいいました。子《こ》どもたちは、みんな、そうだ、そうだ、といいました。ビネー先生《せんせい》は、幼稚園《ようちえん》のきまりを守《まも》ることは、だいじなことだといいました。でも、この知《し》らない人《ひと》は、幼稚《ようち》園《えん》にどんなきまりがあるか知《し》っているでしょうか？　知《し》らないにきまっています。みんなの名《な》まえだって、知《し》らないにきまっています。まちがえて、ごちゃごちゃによぶかもしれません。

幼稚園《ようちえん》に出《で》てこないなんて、ビネー先生《せんせい》は、なんてはくじょうなんだろう、とラモーナは思《おも》いました。そして、あの知《し》らない先生《せんせい》のいる教室《きょうしつ》へは、入《はい》ってやらないぞ、と決心《けっしん》しました。だれがなんといったって、入《はい》ってやるもんですか。でも、それでは、どこへ行《い》ったらいいでしょう？　うちへ帰《かえ》るわけにはいきません。そんなことをすれば、おかあさんに、つれもどされるにきまっています。グレンウッド小学校《しょうがっこう》の建《たて》物《もの》に入《はい》るわけにもいきません。ラモーナが、幼稚園《ようちえん》の子《こ》だということは、だれが見《み》てもすぐわかるからです。となると、どこかへかくれなければなりません。でも、どこへ？

第一鈴《だいれい》が鳴《な》りました。もうぐずぐずしてはいられません。幼稚園《ようちえん》の運動場《うんどうじょう》にはかくれる場所《ばしょ》がなかったので、ラモーナは、そこをぬけだして、小《ちい》さな建物《たてもの》の裏《うら》にまわり、赤《あか》レンガの建物《たてもの》の中《なか》にすいこまれるように入《はい》っていく、男《おとこ》の子《こ》や女《おんな》の子《こ》のむれにくわわりました。

ラモーナを見《み》て、一年生《ねんせい》の子《こ》が、

「幼稚園《ようちえん》のあーかんぼ！」と、はやしました。

「オタンコナス！」ラモーナは、少《すこ》しも負《ま》けていないで、やりかえしました。

かくれる場所《ばしょ》は、二《ふた》つしかありませんでした。一《ひと》つは、自転車置《じてんしゃお》き場《ば》、もう一《ひと》つは、ごみを入《い》れる大《おお》きなかんのかげです。ラモーナは、ならんだかんの間《あいだ》にかくれました。子《こ》どもたちが、一人《ひとり》のこらず建物《たてもの》の中《なか》に入《はい》ってしまうと、ラモーナは、両手両《りょうてりょう》ひざをついて、ごみかんと赤《あか》レンガのかべの間《あいだ》のすきまに、もぐりこみました。

第《だい》二鈴《れい》が鳴《な》りました。

「おいっち、二、三、四！　おいっち、二、三、四！」

交通当番《こうつうとうばん》をしていた男《おとこ》の子《こ》たちが、学校《がっこう》の近《ちか》くの交差点《こうさてん》の受《う》け持《も》ち場所《ばしょ》から、列《れつ》を組《く》んでもどってきました。ラモーナは、息《いき》をころして、アスファルトの上《うえ》に、身《み》をかがめていました。

「おいっち、二、三、四！」

交通係《こうつうがかり》の男《おとこ》の子《こ》たちは、頭《あたま》をしゃんとあげ、まっすぐ前《まえ》を向《む》いて、歩調《ほちょう》をとりながら、ごみ入《い》れの前《まえ》を通《とお》って、建物《たてもの》の中《なか》へ消《き》えていきました。運《うん》動場《どうじょう》には、だれもいなくなり、ラモーナは、ひとりぼっちになりました。

ヘンリーの犬《いぬ》アバラーは、交通係《こうつうがかり》の男《おとこ》の子《こ》たちについて、学校《がっこう》のドアまで行《い》くと、くるっと回《まわ》れ右《みぎ》をして、トコトコごみ入《い》れのところまでもどってきました。ごみのにおいをてんけんにきたのです。アバラーは、鼻《はな》を地面《じめん》にくっつけて、かんのまわりを、フンフンかいでまわりました。ラモーナは、息《いき》をひそめて、じっとしていました。ざらざらしたアスファルトが、ひざにくいこみました。アバラーは、においをかぎかぎ、かんのまわりをぐるっとまわってきて、ラモーナとばったり顔《かお》をあわせました。

「ワン！」と、アバラーはいいました。

「あっち行《い》け、アバラー！」ラモーナは、小声《こごえ》で命令《めいれい》しました。

「ウーウーワン！」アバラーは、ラモーナが、ごみ入《い》れのかげにいたりしてはいけないことを知《し》っていました。

「シーッ、しずかに。」ラモーナは、ひそひそ声《ごえ》で出《だ》せるかぎりのこわい声《こえ》を出《だ》していいました。

幼稚園《ようちえん》では、みんなが、あの「あかつきのほ」の歌《うた》をうたいはじめました。あの知《し》らない女《おんな》の人《ひと》も、少《すく》なくとも、あの歌《うた》だけは知《し》っていたとみえます。「あかつきのほ」の歌《うた》がすむと、幼稚園《ようちえん》の中《なか》は、しずかになりました。あの先生《せんせい》、歌《うた》の次《つぎ》は「見《み》せましょう、話《はな》しましょう」だということ、知《し》ってるかしらん、とラモーナは思《おも》いました。ラモーナは、耳《みみ》をこらして聞《き》きましたが、小《ちい》さな建物《たてもの》の中《なか》からは、なんの音《おと》も聞《き》こえませんでした。

ラモーナは、うすいセーターしか着《き》ていなかったので、レンガのかべと、ごみ入《い》れの間《あいだ》のすきまが、まるで冷蔵庫《れいぞうこ》のようにつめたく感《かん》じられてきました。アスファルトがひざにくいこむので、ラモーナは、足《あし》を、アバラーの鼻《はな》さきにつきだして、すわりました。時間《じかん》は、のろのろたっていきました。

アバラーをのぞけば、ラモーナは、ひとりぽっちでした。ひんやりしたレンガのかべにもたれていると、ラモーナは、自分《じぶん》が、かわいそうになってきました。かわいそうに、ラモーナ、アバラーのほかにはだれもそばにいなくて、ごみ入《い》れのそばにすわっている。ラモーナを、こんなめにあわせたことを知《し》ったら、ビネー先生《せんせい》は、きっとこうかいするでしょう。ラモーナが、どんなに寒《さむ》くって、さびしかったかわかったら、きっと先生《せんせい》は、わるかったというでしょう。ラモーナは、ごみ入《い》れのかげでふるえている、ちいちゃい女《おんな》の子《こ》が、かわいそうでかわいそうでたまらなくなりました。涙《なみだ》が、ひとしずく、またひとしずく、ラモーナのほほをつたって落《お》ちました。ラモーナは、あわれっぽく、すすりあげました。アバラーは、かた目《め》をあけて、そんなラモーナをちらとながめ、また目《め》をつぶりました。ヘンリーの犬《いぬ》でさえ、ラモーナのことなんかかまってくれないのです。

しばらくすると、幼稚園《ようちえん》の運動場《うんどうじょう》で、みんなが走《はし》ったり、わらったりするのが聞《き》こえてきました。ビネー先生《せんせい》が、自分《じぶん》たちを見《み》すてていってしまったというのに、みんなは、どうして、あんなにわらったり、はしゃいだりできるのでしょう。なんてはくじょうな人《ひと》たちなんでしょう。ラモーナは、みんなが自分《じぶん》のいないのに気《き》がついているだろうか、だれかほかの子《こ》がデービイを追《お》いかけてキスしようとしてやしないだろうか、と心配《しんぱい》しました。

そのあと、ラモーナは、少《すこ》しうとうとしたにちがいありません。というのは、気《き》がついてみると、休《やす》み時間《じかん》になっていて、運動場《うんどうじょう》は、さけんだり、わめいたり、ボールを投《な》げたりする男《おとこ》の子《こ》や女《おんな》の子《こ》で、いっぱいになっていたからです。アバラーは、もうどこかへ行《い》って、いませんでした。ラモーナは、ひえてこちこちになったからだを、できるだけ小《ちい》さくして、じっとしていました。このとき、ボールが一《ひと》つとんできて、ごみのかんにあたってはねかえりました。ラモーナは、ぎゅっと目《め》をとじました。自《じ》分《ぶん》が相手《あいて》を見《み》なければ、相手《あいて》も自分《じぶん》を見《み》つけないだろう、とねがいながら。

ボールを追《お》って、バタバタと足音《あしおと》が近《ちか》づいてきました。

「おい、見《み》ろ！　この後《うし》ろに、ちいちゃい女《おんな》の子《こ》がかくれてるぞ！」という男《おとこ》の子《こ》の声《こえ》がしました。

ラモーナは、パッと目《め》をあけました。

「あっち行《い》ってよ!」ラモーナは、かんの上《うえ》から、自分《じぶん》をのぞきこんでいる男《おとこ》の子《こ》に向《む》かって、おそろしいけんまくでどなりました。

「おまえ、なんでそんなとこにかくれてるんだ?」と、その子《こ》はききました。

「あっち行《い》ってってたら!」ラモーナは、どなりました。

「おい、ハギンズ!」と、その子《こ》は、大声《おおごえ》でよびました。「ここに、ちいちゃい女《おんな》の子《こ》がかくれてんだけど、この子《こ》、おまえの近所《きんじょ》の子《こ》だろう。」

次《つぎ》の瞬間《しゅんかん》、かんの上《うえ》から、ヘンリーの顔《かお》がのぞきました。

「おまえ、そんなとこで何《なに》やってんだ? 幼稚園《ようちえん》にいないとだめじゃないか」と、ヘンリーはいいました。

「ほっといてよ。あんたにかんけいないでしょ」と、ラモーナはいいました。

男《おとこ》の子《こ》が二人《ふたり》でごみ入《い》れの後《うし》ろをのぞきこんでいるすがたは、とうぜん、ほかの子《こ》の注意《ちゅうい》をひきました。そこらへんにいた子《こ》どもは、みんな、何《なに》ごとかとばかり、ごみ入《い》れのまわりにおしよせました。

「あの子《こ》、何《なに》してんだ？」

「なんで、かくれてんだ？」

「受《う》け持《も》ちの先生《せんせい》知《し》ってんのか？」

みんなは、口《くち》ぐちにききました。

この大《おお》さわぎのさいちゅうに、ラモーナには、また一《ひと》つ新《あたら》しい心配《しんぱい》ごとができました。

「ねえさんがいるだろう。ビアトリスよんでこいよ。あいつなら、どうしたらいいか知《し》ってるよ」と、だれかがいいました。

よびにいく必要《ひつよう》はありませんでした。ビーザスは、もうそこに来《き》ていました。

「ラモーナ・ジェラルディン・クインビー！　たった今《いま》、そこから出《で》てきなさい！」

と、ビーザスはいいました。

「いやーん。」自分《じぶん》でも、もうこれ以上長《いじょうなが》くはここにいられないとわかっていながら、ラモーナはいいました。

「ラモーナ、帰《かえ》ったら、おかあさんに、全部《ぜんぶ》いいつけてあげるからね！　いくらしかられたって知《し》らないわよ！」ビーザスは、かんかんにおこっていいました。

ラモーナは、ビーザスのいうとおりだと思《おも》いました。でも、今《いま》、ラモーナがいちばん心配《しんぱい》しているのは、おかあさんにしかられることではありませんでした。

「あ、校庭監督《こうていかんとく》の先生《せんせい》が来《き》た」と、だれかがいいました。

ラモーナは、自分《じぶん》の負《ま》けとさとりました。両手《りょうて》をつき、両《りょう》ひざをつき、それから立《た》ちあがると、ごみ入《い》れの向《む》こうにいる群衆《ぐんしゅう》に、面《めん》と向《む》かって立《た》ちました。ちょうどそこへ、さわぎのもとを調《しら》べに、校庭監督《こうていかんとく》の先生《せんせい》がやってきました。

「あなた、幼稚園《ようちえん》の生徒《せいと》じゃないの？」と、校庭監督《こうていかんとく》の先生《せんせい》はききました。

「あたし、幼稚園《ようちえん》には行《い》きません」と、ラモーナは、がんこにいいはりました。それから、ビーザスを見《み》て、おねがい、なんとかしてというような顔《かお》をしました。「ほんとは、幼稚園《ようちえん》に行《い》ってなきゃいけないんです」と、ビーザスはいいました。「でも、今《いま》は、お手洗《てあら》いに行《い》きたいんです。」

年《とし》の大《おお》きい子《こ》たちは、そのことばを聞《き》いて、おかしそうにわらいました。ラモーナは、腹《はら》がたって、腹《はら》がたって、泣《な》きそうになりました。何《なに》がおかしいのでしょう。何《なに》も、おかしいことなんかないじゃありませんか。ただ早《はや》くしないと――。

校庭監督《こうていかんとく》の先生《せんせい》は、ビーザスのほうを向《む》いていいました。

「早《はや》く、お手洗《てあら》いにつれていきなさい。それから、そのあとで、校長室《こうちょうしつ》へ、つれていきなさい。校長先生《こうちょうせんせい》が、ちゃんとわけをきいてくださるでしょう。」

最初《さいしょ》のことばは、ラモーナをほっとさせました。でも、その次《つぎ》のことばは、ショックでした。幼稚園《ようちえん》の午前組《ごぜんぐみ》の子《こ》で、本校舎《ほんこうしゃ》にあるマレン校長先生《こうちょうせんせい》のおへやにやられた子《こ》は、まだ一人《ひとり》もいません。ビネー先生《せんせい》のおつかいで、お手紙《てがみ》を持《も》っていった子《こ》はいますが、でも、そのときは、二人《ふたり》、組《く》みになって行《い》きました。それほどおそろしいことだったからです。

「校長先生《こうちょうせんせい》とこ行《い》ったら、どうなる？」ラモーナは、ビーザスに手《て》をひかれて、本校舎《ほんこうしゃ》の中《なか》にある女《おんな》の子《こ》のお手洗《てあら》いに行《い》くとちゅうでききました。

「わからないわ。あなたにお説教《せっきょう》するか、でなかったら、おかあさんに電話《でんわ》かけるかだわ。でも、ラモーナ、あんた、どうしてあんなばかなまねしたの？　ごみ入《い》れの後《うし》ろにかくれたりして。」

「だって。」ラモーナは、ビーザスがあんまりおこっているので、自分《じぶん》も腹《はら》がたちました。

お手洗《てあら》いから出《で》ると、ラモーナは、しぶしぶビーザスのあとについて、校長室《こうちょうしつ》に入《はい》っていきました。できるだけ、表《おもて》には出《だ》さないようにしていたものの、ラモーナは、内心《ないしん》びくびくで、身《み》のちぢむ思《おも》いがしていました。

「これ、わたしの妹《いもうと》のラモーナです。」ビーザスは、校長室《こうちょうしつ》の次《つぎ》のへやで、マレン先《せん》生《せい》の秘書《ひしょ》の人《ひと》にいいました。「幼稚園《ようちえん》に行《い》ってるんですけど、ごみ入《い》れの後《うし》ろにかくれてたんです。」

となりのへやで、その声《こえ》を聞《き》いたのでしょう。マレン先生《せんせい》が、校長室《こうちょうしつ》から出《で》てきました。

ラモーナは、こわくて、ふるえそうでしたが、それでも、ありったけの勇気《ゆうき》を出《だ》して、きっぱりと、

「あたし、幼稚園《ようちえん》には行《い》きません！」といおうと、身《み》がまえました。

ところが、マレン先生《せんせい》は、ラモーナに、

「あーら、ラモーナ、いらっしゃい」といい、それからビーザスに、

「あなたはいいわ、ビアトリス。自分《じぶん》のお教室《きょうしつ》へ帰《かえ》りなさい。あとは、先生《せんせい》がひきう

けます」と、いいました。

ラモーナは、ビーザスにくっついていたかったのですが、ビーザスは、ラモーナを校長先生《こうちょうせんせい》と二人《ふたり》きりにして、へやを出《で》ていってしまいました。校長先生《こうちょうせんせい》――学校《がっこう》じゅうで、いちばんえらい人《ひと》。ラモーナは、心細《こころぼそ》くて、なさけなくてたまりませんでした。さっきアスファルトにおしつけていたひざには、まだそのあとがついていました。

マレン先生《せんせい》は、にっこりわらいました。そして、ラモーナのしたことは、べつにたいしたことじゃないという調子《ちょうし》で、こういいました。

「ビネー先生《せんせい》が、のどがいたくて、お休《やす》みしなければならなくなって、残念《ざんねん》ねえ。幼稚園《ようちえん》に来《き》たら、知《し》らない先生《せんせい》がいたので、びっくりしたのでしょう?」

どうして、マレン先生《せんせい》は、そんなことまで知《し》っているのでしょう? ラモーナは、ふしぎでなりませんでした。だって、先生《せんせい》はラモーナに、いったいごみ入《い》れの後《うし》ろで何《なに》をしていたか、きこうともしないのです。先生《せんせい》は、また、ラモーナのひざがいたく

なって、かわいそうに、なんて、ひとこともいいませんでした。ただ、すっとラモーナの手《て》をにぎり、

「ウィルコックス先生《せんせい》のところへ行《い》って、あなたのこと紹介《しょうかい》してあげましょう。きっと、あなたも、ウィルコックス先生《せんせい》がすきになりますよ」と、いっただけで、さっさと幼稚園《ようちえん》のほうへ歩《ある》きだしました。

ラモーナは、ちょっとむっとしました。だって、マレン先生《せんせい》は、なぜラモーナが、朝《あさ》からずっとかくれていたか、問《と》いただそうとしないからです。マレン先生《せんせい》は、ラモーナが、どんなにみじめな、涙《なみだ》でよごれた顔《かお》をしているか、気《き》がついてもいません。あんなに寒《さむ》くて、さびしくて、なさけない思《おも》いをしていたのですから、先生《せんせい》だって、少《すこ》しは、そのことを考《かんが》えてくれてもよさそうなものではありませんか。ラモーナは、頭《あたま》のなかで、校長先生《こうちょうせんせい》が、こんなふうにいうのではないかと、ぼんやり考《かんが》えていたのです。

「まあ、まあ、かわいそうに！　どうして、また、ごみ入《い》れの後《うし》ろなんかにかくれていたの？」

けれども、ラモーナが、校長先生《こうちょうせんせい》といっしょに幼稚園《ようちえん》の教室《きょうしつ》に入《はい》っていったときに、みんなの顔《かお》にうかんだ表情《ひょうじょう》は、ラモーナに対《たい》するマレン先生《せんせい》の関心《かんしん》の不足《ふそく》を、おぎなってあまりあるものがありました。まん丸《まる》い目《め》、ぽかーんとあいた口《くち》、びっくりして気《き》がぬけてしまったような顔《かお》──ラモーナは、組《くみ》のみんなが、すわったまま、一人《ひとり》のこらずじっと自分《じぶん》を見《み》ているのを見《み》て、すっかりうれしくなりました。やっぱりみんなは、あたしのこと心配《しんぱい》してたんだ。やっぱり、どうしたんだろうって、考《かんが》えてくれてたんだ。

「ラモーナ。こちらは、ビネー先生《せんせい》のかわりに来《き》てくださったウィルコックス先生《せんせい》ですよ」と、マレン先生《せんせい》はいいました。それから、ウィルコックス先生《せんせい》のほうを向《む》いて、「ラモーナは、けさ、ちょっとおくれました」と、いいました。

それだけでした。ラモーナが、どんなに寒《さむ》い、みじめな思《おも》いをしたかでもなければ、休《やす》み時間《じかん》まで、どんなにさびしいのをがまんして、じっとかくれていたかでもありませんでした。

校長先生《こうちょうせんせい》が出《で》ていってしまうと、ウィルコックス先生《せんせい》はいいました。

「さ、いらっしゃい。ラモーナ。よく来《き》てくれたわね。今《いま》、みんなクレヨンで絵《え》をかいてるの。あなたは、何《なに》の絵《え》をかきたい?」

今《いま》は、お勉強《べんきょう》の時間《じかん》ではありませんか。それなのに、ウィルコックス先生《せんせい》ときたら、みんなに、ほんとの勉強《べんきょう》もさせないで、まるで、幼稚園《ようちえん》の最初《さいしょ》の日《ひ》みたいに、めいめいにすきなものをかかせたりして。ラモーナは、こんなことは、ゆるせない、と思《おも》いました。こんなふうにしてはいけないのです。ラモーナは、ハーウィを見《み》ました。

ハーウィは、紙《かみ》の上《うえ》のところに、空色《そらいろ》のクレヨンで、ぐるぐるはしからはしまで空《そら》をぬっていました。デービイはと見《み》れば、耳《みみ》の横《よこ》から手《て》がつきだしている男《おとこ》の人《ひと》の絵《え》をかいていました。みんな、自分《じぶん》のすきなものをかいて、ごきげんでした。

「あたし、Q書《キューか》く。」ラモーナの頭《あたま》に、とつぜん、いい考《かんが》えがひらめきました。

「嗅覚《きゅうかく》?」ウィルコックス先生《せんせい》は、ラモーナに紙《かみ》をわたしながら、ききかえしました。

ラモーナは、はじめっから、かわりの先生《せんせい》は、ビネー先生《せんせい》ほど頭《あたま》がいいはずがない、と信《しん》じていましたが、少《すく》なくとも、アルファベットのQ《キュー》くらいは知《し》っていると思《おも》っていました。おとななら、だれでも、Q《キュー》を知《し》っているはずです。

「なんでもありません。」ラモーナは、紙《かみ》を受《う》けとりながらいいました。

そして、みんなが、そんけいとおそれのまじった目《め》で、じっと自分《じぶん》を見《み》つめているのを、こころよく意識《いしき》しながら、自分《じぶん》の席《せき》にもどりました。

とうとう、自分流《じぶんりゅう》のやりかたでQ《キュー》を書《か》けるのです。朝《あさ》のさびしかったことや、いやだったことをわすれて、ラモーナは、ラモーナ流《りゅう》のQ《キュー》を、いくつもいくつも、心《こころ》ゆくまで書《か》きました。考《かんが》えてみれば、かわりの先生《せんせい》がくるというのも、それほどわるいことではないのかもしれません。

ウィルコックス先生《せんせい》は、列《れつ》の間《あいだ》を行《い》ったり来《き》たりして、みんなの絵《え》を見《み》ていました。そして、ラモーナの机《つくえ》のそばで足《あし》を止《と》めると、いいました。

「まあ、ラモーナ。ずいぶんかわいらしいネコがかけたわねえ！　おうちに、子《こ》ネコがいるの？」

かわいそうに……。ラモーナは、ウィルコックス先生《せんせい》が、気《き》のどくになりました。大《だい》のおとなのくせに、Q《キュー》も知《し》らないなんて。

「いいえ」と、ラモーナはこたえました。「うちのネコは、おすです。」

5

ラモーナの婚約指輪《こんやくゆびわ》

「いやん！」と、ラモーナはいいました。
幼稚園《ようちえん》へ行《い》きだしてから、はじめての雨《あめ》の朝《あさ》のことでした。
「いやんじゃありません」と、おかあさんはいいました。
「いやったらいや！」と、ラモーナはいいました。
「ラモーナ、いいかげんにしなさい。いつまでもわからないこというもんじゃありません」と、おかあさんはいいました。

「いいかげんにしなーい。いつまでもわからないことというんだあー」と、ラモーナはいいました。

「いい、ラモーナ」と、おかあさんはいいました。その声《こえ》で、ラモーナは、そろそろいうことをきかなければならないときがきたことをさとりました。「あなたには、新《あたら》しいレインコートを買《か》ってあげたでしょう。長《なが》ぐつは、高《たか》いの。それに、ハーウィの長《なが》ぐつは、お古《ふる》っていっても、ほとんど新《あたら》しいのとかわりないじゃないの。かかとだって、ちっともへってないし。」

「だって、上《うえ》のとこが光《ひか》ってないもん。おまけに、茶色《ちゃいろ》だもん。茶色《ちゃいろ》の長《なが》ぐつは、男《おとこ》の子《こ》んだよ」と、ラモーナはいいました。

「これをはけば、足《あし》がぬれないでしょ。長《なが》ぐつは、そのためにあるんだから」と、おかあさんはいいました。

ラモーナは、自分《じぶん》が、ふくれて、へんな顔《かお》になっていることを知《し》っていました。でも、どうしようもありませんでした。長《なが》ぐつは、足《あし》をぬらさないためのものだと考《かんが》えるのは、おとなだけです。幼稚園《ようちえん》の子《こ》なら、だれだって、女《おんな》の子《こ》は、はじめての雨《あめ》の日《ひ》に、赤《あか》か白《しろ》のぴかぴか光《ひか》った長《なが》ぐつをはいていくのだということを知《し》っています。それは、足《あし》をぬらさないためではありません。見《み》せびらかすためなのです。そのためにこそ、長《なが》ぐつはあるのです――水《みず》たまりの中《なか》をジャブジャブ歩《ある》いたり、水《みず》をはねかしたり、どろの中《なか》で足《あし》をふみならしたりするためにあるのです。

「ラモーナ。今《いま》すぐそのふくれっつらをやめなさい。この長《なが》ぐつをはいて、ちゃんと学校《がっこう》へ行《い》くか、それとも、それがいやなら、うちにいなさい」と、おかあさんはこわい声《こえ》でいいました。

ラモーナには、おかあさんが、本気《ほんき》でそういっていることがわかりました。そこで――ラモーナは幼稚園《ようちえん》が大《だい》すきでしたから――床《ゆか》にすわって、いやいや茶色《ちゃいろ》の長《なが》ぐつ

＊長《なが》ぐつ……このころのアメリカでは、長《なが》ぐつは、くつをはいた上《うえ》にはくものだった。

をはきました。茶色《ちゃいろ》の長《なが》ぐつは、新《あたら》しい花《はな》もようのビニール製《せい》のレインコートと帽子《ぼうし》に、ちっともあいませんでした。

ハーウィが、黄色《きいろ》の防水加工《ぼうすいかこう》したレインコートをひきずってやってきました。ハーウィのレインコートは、少《すく》なくとも、あと二年《ねん》たたないとからだにあわないほど大《おお》きく、黄色《きいろ》の帽子《ぼうし》も、顔《かお》がすっぽりかくれるほどの大《おお》きさでした。そして、レインコートのすそから、ぴかぴか光《ひか》る茶色《ちゃいろ》の長《なが》ぐつが、ちらちら見《み》えていました。ラモーナは、あれも、いつか古《ふる》くなって、よごれて、みすぼらしくなったら、自分《じぶん》にまわってくるんだろうな、と思《おも》いました。

「それ、ぼくのお古《ふる》じゃないか」と、ハーウィは、出《で》かけるとき、ラモーナの足《あし》もとを見《み》ていいました。

「人《ひと》にいいふらしたらしょうちしないから。」ラモーナは、重《おも》い足《あし》をひきずりひきずり歩《ある》いていきながらいいました。

もし、新《あたら》しい長《なが》ぐつをはいていたとしたら、その朝《あさ》は、申《もう》し分《ぶん》ない朝《あさ》でした。まえの晩《ばん》に、たっぷり雨《あめ》がふっていたので、車道《しゃどう》のわきのみぞは、どろ水《みず》の小川《おがわ》になっていました。そして、芝生《しばふ》の中《なか》からは、ミミズがはいだして、歩道《ほどう》まで出《で》てきていました。

学校《がっこう》の前《まえ》の交差点《こうさてん》は、その朝《あさ》は、いつになくしずかでした。雨《あめ》のため、新《あたら》しいショッピングセンターの建設工事《けんせつこうじ》が、お休《やす》みになっていたからです。ラモーナは、あんまり心《こころ》がしずんでいたので、ヘンリー・ハギンズが道《みち》をわたらせてくれたときも、ヘンリーをからかうことさえしませんでした。

幼稚園《ようちえん》の運動場《うんどうじょう》は、ラモーナの予想《よそう》どおり、レインコートを着《き》た男《おとこ》の子《こ》や女《おんな》の子《こ》で、ごったがえしていました。レインコートはほとんどが、だぶだぶで、長《なが》ぐつはほとんどがまっさらでした。女《おんな》の子《こ》たちは、いろんな種類《しゅるい》のレインコートを着《き》て、赤《あか》か白《しろ》の長《なが》ぐつをはいていました。スーザンだけは、べつでした。スーザンは、自分《じぶん》の新《あたら》しい白《しろ》い長《なが》ぐつが、どろでよごれるのがいやなので、手《て》で持《も》っていました。男《おとこ》の子《こ》たちは、どの子《こ》も、どの子《こ》も、黄色《きいろ》いレインコートを着《き》て、茶色《ちゃいろ》の長《なが》ぐつをはいていました。どの子《こ》がデービイか、見《み》わけることさえできませんでした。でも、けさは、そんなことは、どうでもいいことでした。ラモーナの足《あし》は重《おも》すぎて、人《ひと》を追《お》いかけるどころではなかったからです。

　クラスの一部《いちぶ》は、ドアのところにお行儀《ぎょうぎ》よくならんで、ビネー先生《せんせい》が来《く》るのを待《ま》っていました。のこりは、そこらじゅうに水《みず》をはね

かしながら、とんだり、はねたり、かけまわったりしていました。

「あんたの長《なが》ぐつ、男《おとこ》の子《こ》のじゃない」と、スーザンが、ラモーナにいいました。

ラモーナは、返事《へんじ》をしませんでした。返事《へんじ》をするかわりに、運動場《うんどうじょう》の土《つち》の上《うえ》をくねくねはっていたつるつるしたピンクのミミズをつまみあげて、自分《じぶん》でもよく考《かんが》えないまま、それを指《ゆび》にまきつけました。

「見《み》ろ！　ラモーナのやつ、ミミズでできた指輪《ゆびわ》してるぞ！」と、デービイが、ぶかぶかの帽子《ぼうし》の下《した》からさけびました。

ラモーナは、デービイにそういわれるまで、ミミズを指輪《ゆびわ》にするなんて、考《かんが》えてもいませんでした。でも、それを聞《き》いたとたん、すぐその気《き》になりました。

「ほら、指輪《ゆびわ》よ。あたしの指輪《ゆびわ》！」ラモーナは、大声《おおごえ》でそういいながら、近《ちか》くにいた子《こ》の顔《かお》の前《まえ》に、自分《じぶん》の指《ゆび》をつきだしました。

長《なが》ぐつの件《けん》は、一時《いちじ》おあずけになりました。だれもかれも、ラモーナに、ミミズの指輪《ゆびわ》をつきつけられまいと、キャーキャーいいながら走《はし》ってにげました。

「見《み》て見《み》て、あたしの指輪《ゆびわ》よ！　あたしの指輪《ゆびわ》よ！」

ラモーナは、大声《おおごえ》をあげながら、運動場《うんどうじょう》をぐるぐる走《はし》りまわりました。ふしぎなことに、ラモーナの足《あし》は、急《きゅう》に軽《かる》くなっていました。

ビネー先生《せんせい》が、校舎《こうしゃ》のかげからすがたをあらわしたので、みんなは、あわてて、おしあいへしあいしながら、一列《れつ》にならびました。

「先生《せんせい》！　ビネー先生《せんせい》！　ラモーナったら、指輪《ゆびわ》だっていって、ミミズはめてるよ！」

みんなは、さきをあらそって、ビネー先生《せんせい》にそのことをいいたがりました。

「ピンクのミミズだよ。」ラモーナは、手《て》を前《まえ》につきだしました。「死《し》んじゃった白《しろ》いやつじゃないよ。」

「まあ……ほんと、きれいなミミズねえ。とってもすべすべしてて……いい色《いろ》だわ。」

ビネー先生《せんせい》は、ゆうかんにもそういいました。

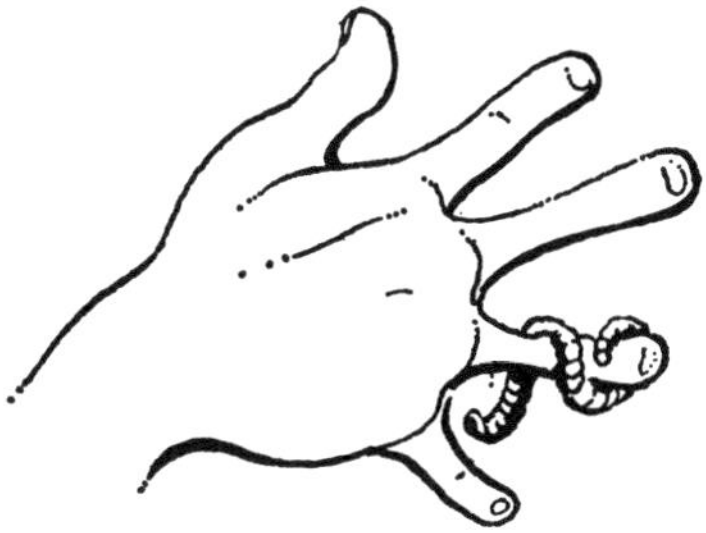

ラモーナは、調子《ちょうし》にのってつづけました。

「これ、あたしの婚約指輪《こんやくゆびわ》だよ。」

「あんた、だれと婚約《こんやく》したの?」と、アンがききました。

「まだ、きめてないわ」と、ラモーナはこたえました。

「ぼくじゃなーいぞ」と、デービイが、かん高《だか》い声《こえ》でいいました。

「ぼくじゃなーいぞ」と、ハーウィが、いいました。

「ぼくじゃなーいよ」と、エリック・R《アール》がいいました。

「あの……あのね……ラモーナ……。」ビネー先生《せんせい》は、ことばをさがしさがしいいました。「あなたの……その指輪《ゆびわ》ね、幼稚園《ようちえん》にいる間《あいだ》は、はずしておいたほうがいいと思《おも》うわ。運動場《うんどうじょう》の、水《みず》たまりのところにおいといたらどう?

そうすれば、きっと……元気《げんき》でいると思《おも》うけど。」

ラモーナは、ビネー先生《せんせい》のおっしゃることなら、なんでもよろこんで、そのとおりにしたいと思《おも》いました。そこで、指《ゆび》からミミズをはずすと、それを水《みず》たまりのところに、ていねいにおきました。ミミズは、死《し》んだようにぐったりして、じっとそこに寝《ね》ていました。


そのあと、ラモーナは、おかあさんにハーウィのお古《ふる》の長《なが》ぐつをはかされるたびに、指《ゆび》にミミズをまいて運動場《うんどうじょう》を走《はし》りまわりました。そして、みんなに「あなた、だれと婚約《こんやく》してるの?」ときかれると、かならず「まだきめてないわ」と、こたえました。

「ぼくじゃないよーだ!」デービイは、かならずそういいました。

すると、そのあとから、ハーウィや、エリック・R《アール》や、そのほか、そこにいあわせた男《おとこ》の子《こ》たちが、みんな、同《おな》じことをいいました。

それからしばらくたったある土曜日《どようび》のことです。ラモーナのおかあさんは、ラモーナのくつが、もうだいぶいたんでいるのを見《み》て、手《て》にとって調《しら》べました。すると、かかとがすりへっているだけでなく、つまさきの皮《かわ》も、すりきれているのがわかりました。これは、ラモーナが、かたがわへかしいだ、例《れい》の車輪《しゃりん》を一《ひと》つはずした二輪車《にりんしゃ》に乗《の》るとき、つまさきでコンクリートの上《うえ》をひきずって車《くるま》を止《と》めるためです。おかあさんは、ラモーナを立《た》たせて、くつの上《うえ》から、ラモーナの足《あし》をあちこちさわってみました。

「いよいよ新《あたら》しいの買《か》わなきゃだめね」と、おかあさんはいいました。「上着《うわぎ》を着《き》て、長《なが》ぐつをはいていらっしゃい。車《くるま》でひとっぱしり、ショッピングセンターまで行《い》きましょう。」

「きょう雨《あめ》ふっていないじゃない。どうして長《なが》ぐつはいていくの?」と、ラモーナはききました。

「今度《こんど》買《か》うくつの上《うえ》に、はけるかどうかみなきゃなんないでしょ」と、おかあさんはいいました。

「さ、早《はや》くしなさい。」

くつ屋《や》さんにつくと、いつもラモーナのお相手《あいて》をしてくれる、大《だい》すきな店員《てんいん》のおじさんが出《で》てきて、ラモーナとおかあさんが、こしをおろすなりいいました。

「これはこれは、わたしのかわいいおてんばじょっちゃんは、きょうは、どうしたんだい？　いつものにこにこ顔《がお》が、どっかへ行《い》っちゃったみたいだね。」

ラモーナは、首《くび》をふって、店《みせ》の一方《いっぽう》のがわにずらっとならんでいる、ぴかぴか光《ひか》るきれいな女《おんな》の子用《こよう》の長《なが》ぐつを、うらめしそうにじろっと見《み》ました。それなのに、自分《じぶん》のときたら、ハーウィのお古《ふる》の、茶色《ちゃいろ》のおんぼろ長《なが》ぐつなのです。どうして、にこにこ顔《がお》などできるでしょう。

保育園《ほいくえん》に行《い》っている、まだあかんぼうっ気《け》のぬけないような女《おんな》の子《こ》が、新《あたら》しいまっかな長《なが》ぐつをはいて、くつ屋《や》の木馬《もくば》にまたがり、おかあさんがお金《かね》をはらっている間《あいだ》、うれしそうに、ギッコンギッコン木馬《もくば》をゆすっていました。

「さてさて、どんなくつがいいかな。」

店員《てんいん》のおじさんは、元気《げんき》よくそういってラモーナのくつをぬがせ、寸法《すんぽう》をとる台《だい》の上《うえ》に、ラモーナを立《た》たせました。ラモーナにぴったりの寸法《すんぽう》のくつを見《み》つけるのには、それほど時間《じかん》はかかりませんでした。

ラモーナが、その新《あたら》しいくつをはいて、店《みせ》のはしまで歩《ある》いてもどってくると、おかあさんは、「じゃ、今度《こんど》は、その長《なが》ぐつがはけるかどうかみてごらんなさい」と、いいました。その声《こえ》には、ぐずぐずいうとしょうちしませんよ、というひびきがこもっていました。

ラモーナは、床《ゆか》にすわり、あの大《だい》きらいな長《なが》ぐつのかた方《ほう》をつかんで、ちょっとの間《ま》、それがはけないようなふりをしようかな、と思《おも》いました。けれども、そんなやりかたで、おかあさんの目《め》をごまかせるとは思《おも》いませんでした。くつ屋《や》のお店《みせ》の人《ひと》は、子《こ》どものことも、くつのこともよく知《し》っているからです。ラモーナは、両手《りょうて》でくつを持《も》って、ぎゅうぎゅうひっぱったり、足《あし》をくねくねねじったりして、やっとのことで、長《なが》ぐつをはきました。けれども、つまさきまできちんとは入《はい》らず、立《た》ってみると、長《なが》ぐつの中《なか》でかかとがうきました。おかあさんが、力《ちから》を入《い》れてもうひとひっぱりすると、やっとさきまできちんと入《はい》りました。

「ほうら」と、おかあさんはいい、ラモーナは、だまってため息《いき》をつきました。

木馬《もくば》に乗《の》っていたあのあかんぼうみたいな保育園《ほいくえん》の女《おんな》の子《こ》は、木馬《もくば》を止《と》めて、

「あたし、新《あたら》しい長《なが》ぐつ、はいてんのよ」と、みんなにいやというほど見《み》せつけました。

「ねえ、おじょうちゃん、あんたの幼稚園《ようちえん》はみんなで何人生徒《なんにんせいと》がいるんだい?」と、くつ屋《や》のおじさんがききました。

「二十九人《にん》。」ラモーナは、なさけなさそうな顔《かお》でこたえました。

二十九人《にん》。そのうちほとんどの子《こ》が、新《あたら》しい長《なが》ぐつを持《も》っているのです。新《あたら》しい長《なが》ぐつをはいて、はしゃいでいるあの保育園《ほいくえん》のあかんぼうは、木馬《もくば》からおりると、ふうせんをもらって、おかあさんといっしょに店《みせ》を出《で》ていきました。

このとき、くつ屋《や》の店員《てんいん》が、おかあさんに話《はな》しかけました。

「幼稚園《ようちえん》の先生《せんせい》の話《はなし》を聞《き》くと、長《なが》ぐつは、ぶかぶかのほうがいいそうですよ。子《こ》どもが、自分《じぶん》でぬいだりはいたりできますからね。おじょうちゃんの先生《せんせい》にしても、二十九人《にん》もの子《こ》どもに、いちいち手《て》をかしてやるわけにはいかんでしょう。二十九人《にん》いりゃ、足《あし》は五十八本《ほん》だ。」

「それは、考《かんが》えてなかったわ」と、おかあさんはいいました。「じゃ、けっきょく、長《なが》ぐつも新《あたら》しく買《か》わなきゃいけないってことね。」

「おじょうちゃんは、きっと、赤《あか》い長《なが》ぐつがすきでしょう」と、くつ屋《や》のおじさんはいいました。

ラモーナがそれを聞《き》いて、顔《かお》じゅうでにーっとわらうと、おじさんは、

「それそれ、その顔《かお》。その顔《かお》が出《で》てこないのは、どうもそのへんに理由《りゆう》があるんじゃないかって気《き》がしてたんだ」と、いいました。

何分《なんぷん》かのち、箱《はこ》に入《い》れてもらったきれいな赤《あか》い長《なが》ぐつ――女《おんな》の子《こ》用《よう》の長《なが》ぐつ――をしっかり胸《むね》にだいてお店《みせ》を出《で》たラモーナは、天《てん》にものぼる心地《ここち》でした。あんまりうれしいので、もらったふうせんを空《そら》にとばしました。ふうせんは、駐車場《ちゅうしゃじょう》の上《うえ》を、どんどん、どんどん高《たか》くあがっていって、はい色《いろ》の雲《くも》の中《なか》の、小《ちい》さな赤《あか》い点《てん》のようになってしまいました。

新《あたら》しいくつの、かたい底皮《そこがわ》が、歩道《ほどう》の上《うえ》で、キュッ、キュッと、なんともいえないいい音《おと》をたてました。ラモーナは、うれしくなって、小馬《こうま》のようにかけだしました。いや、小馬《こうま》じゃなくって、三*びきのヤギのがらがらどんのなかの、いちばん小《ちい》さいヤ

ギになろう。そして、トロルのかくれている橋《はし》の上《うえ》を、カタ、コト、カタ、コトと歩《ある》くんだ……。ラモーナは、自分《じぶん》のうちの車《くるま》のところまで、ずうっとカタ、コト、カタ、コトと、うれしそうに歩《ある》き、うちについてからも、カタ、コト、カタ、コトと、ろうかを行《い》ったり来《き》たり、うちの中《なか》をぐるぐるまわったりしました。

「これこれ、ラモーナ。」おかあさんは、ラモーナの新《あたら》しい長《なが》ぐつに名《な》まえを書《か》きながらいいました。「もっと、ふつうに歩《ある》けないの？」

「だって、あたし、今《いま》、いちばん小《ちい》さいヤギのがらがらどんなんだもん。」

ラモーナは、そういって、カタ、コト、カタ、コトとろうかをぬけて、自分《じぶん》のへやへ入《はい》りました。

残念《ざんねん》なことに、そのあくる日《ひ》は、雨《あめ》ではありませんでした。そこで、ラモーナは、新《あたら》しい長《なが》ぐつをうちにおいて、カタ、コト、カタ、コトと学校《がっこう》に行《い》きました。その日《ひ》は、デービイをつかまえる見《み》こみは、ほとんどありませんでした。かたいくつで、カ

＊三びきのヤギのがらがらどん……ノルウェーの昔話《むかしばなし》で、三びきのヤギが魔《ま》もののトロルをやっつける話《はなし》。

タコト追《お》いかけたのでは、とても、デービイに追《お》いつかなかったからです。ラモーナは、カタ、コト、カタ、コトと歩《ある》いて、自分《じぶん》の席《せき》につきました。そのあと、その日《ひ》は、みんなに画用紙《がようし》を配《くば》る図画当番《ずがとうばん》にあたっていたので、画用紙《がようし》の入《はい》っている戸《と》だなまで、カタ、コトと歩《ある》いていき、それから、机《つくえ》の間《あいだ》をカタ、コトと紙《かみ》を配《くば》って歩《ある》きました。

「ラモーナ、もう少《すこ》し、しずかに歩《ある》いてくれない？」と、ビネー先生《せんせい》がいいました。

「あたし、いちばん小《ちい》さいヤギのがらがらどんなんです。だから、カタ、コト、カタ、コトっていわなきゃいけないんです」と、ラモーナは、わけを説明《せつめい》しました。

「表《おもて》でなら、カタ、コト、カタ、コトって歩《ある》いてもかまいませんよ。でも、教室《きょうしつ》の中《なか》はいけません。」ビネー先生《せんせい》は、きっぱりといいました。

休《やす》み時間《じかん》になると、クラス全体《ぜんたい》が、ヤギのがらがらどんになり、運動場《うんどうじょう》を、カタ、コト、カタ、コトと歩《ある》きまわりました。でも、ラモーナほどうれしそうにやっている子《こ》もいなければ、ラモーナほど、そうぞうしい音《おと》をたてている子《こ》もいませんでした。ラモーナは、空《そら》にだんだん雲《くも》がひろがって、お天《てん》気《き》があやしくなりはじめたのに気《き》がつきました。

思《おも》ったとおり、その晩《ばん》から、雨《あめ》がふりだしました。雨《あめ》は、ひと晩《ばん》じゅうふりつづいて、ラモーナのうちの、南《みなみ》がわをたたきつけました。

次《つぎ》の朝《あさ》、長《なが》ぐつとレインコートに身《み》をかためたラモーナは、ハーウィがさそいにくるずっとまえから、外《そと》に出《で》て待《ま》っていました。ラ

モーナは、ぬれた芝生《しばふ》に足《あし》をこすりつけるようにして歩《ある》いてみました。ラモーナの長《なが》ぐつは、ぬれると、いっそうぴかぴかして見《み》えました。それから、ラモーナは、車庫《しゃこ》の前《まえ》の道《みち》にある、小《ちい》さな水《みず》たまりの一《ひと》つ一《ひと》つに、足《あし》をつっこんでみました。それから、みぞの中《なか》に立《た》って、どろ水《みず》が、新《あたら》しい、きれいな長《なが》ぐつの上《うえ》を流《なが》れていくのをながめました。しめった落《お》ち葉《ば》を集《あつ》めて、みぞをふさぎ、ダムをつくって、深《ふか》くなった水《みず》の中《なか》に立《た》ってみたりもしました。

やがて、ハーウィがやってきました。けれども、とうぜんのことながら、まえからの長《なが》ぐつをはいているハーウィは、ちっともはしゃいでいませんでした。それでも、水《みず》たまりをふんで歩《ある》くのはおもしろかったので、ラモーナとハーウィは、二人《ふたり》してピチャピチャ水《みず》をはねかしながら、学校《がっこう》へ行《い》きました。

ラモーナは、学校《がっこう》の前《まえ》の交差点《こうさてん》まで来《き》て立《た》ちどまりました。そこは、ヘンリー・ハギンズが、交通整理《こうつうせいり》にあたっているところです。ヘンリーは、黄色《きいろ》のレインコートと帽子《ぼうし》を着《き》て、茶色《ちゃいろ》の長《なが》ぐつをはいていました。

「ねえ、あそこのどろんこ見《み》て。すてきね。」ラモーナは、新《あたら》しいマーケットの駐車《ちゅうしゃ》場《じょう》になるはずの場所《ばしょ》をさしていいました。それは、ほんとにすてきなどろでした。つやつやした茶色《ちゃいろ》で、工事用《こうじよう》のトラックの通《とお》ったあとが、水《みず》たまりや、小《ちい》さな川《かわ》になっていました。それは、ラモーナが今《いま》までに見《み》たなかで、いちばんすばらしいどろ、いちばんどろらしいどろ、いちばん足《あし》をつっこんでみたくなる種類《しゅるい》のどろでした。それに、なんといってもいちばんいいのは、雨《あめ》がひどくて、工事《こうじ》がお休《やす》みになっていて、どろの中《なか》に入《はい》っちゃだめだ、というおじさんたちがだれもいないことでした。

「ねえ、ハーウィ、行《い》きましょう。あたし、あのどろの中《なか》を、この長《なが》ぐつで歩《ある》いてみたいわ」と、ラモーナはいいました。

もちろん、長《なが》ぐつはどろだらけになるでしょう。でも、そうなれば、お昼《ひる》、幼稚園《ようちえん》から帰《かえ》ったあと、ホースの水《みず》を出《だ》して、くつをあらうというたのしみができます。

ところが、ハーウィは、もうそのとき、ヘンリーについて、道《みち》の向《む》こうへわたって
いました。
向《む》こうについてから、ヘンリーが、兵隊《へいたい》さんのようにきびきびと回《まわ》れ右《みぎ》をしてみる
と、ラモーナが一人《ひとり》、まだ、反対《はんたい》がわの歩道《ほどう》にのこっていました。
「ぼくといっしょに、わたらなきゃだめじゃないか」と、ヘンリーはいいました。「し
ようがない。もう少《すこ》し人数《にんずう》がそろうまで、そっちで待《ま》ってろ。」
「あたし、へいきだもん。」ラモーナは、うれしそうにそういうと、どろどろのどろ
のところへ、とっとと歩《ある》いていきました。
「ラモーナ、そっちへ行《い》っちゃだめだ！　たいへんなことになるぞ」と、ヘンリーが
さけびました。
「交通係《こうつうがかり》は、任務中《にんむちゅう》は、口《くち》きいちゃいけないのよ。」
ラモーナは、そういって、まっすぐどろのほうへ進《すす》んでいきました。すると、おど

ろいたことに、足《あし》が、ぜんぜん自分《じぶん》の思《おも》っていない方向《ほうこう》へ、するっするっと動《うご》きだしました。どろが、こんなにすべりやすいものだとは知《し》りませんでした。やっとどうにかバランスをとって立《た》ったラモーナは、今度《こんど》は、ゆっくり、用心深《ようじんぶか》く、一歩《ぽ》、一歩《ぽ》、足《あし》を動《うご》かしました。どろの中《なか》にはまりこんだ長《なが》ぐつをひきぬくのはたいへんでした。ラモーナは、ヘンリーに向《む》かって、うれしそうに手《て》をふってみせました。そのヘンリーは、どうやら、心《こころ》のなかで、ある種《しゅ》のたたかいをしているようでした。というのは、何《なに》かいいたそうに、何度《なんど》もパクパク口《くち》をあけては、またつぐんでいたからです。ラモーナは、幼稚園《ようちえん》の午前組《ごぜんぐみ》の子《こ》どもたちにも手《て》をふりました。みんなは、さくごしに、じっとラモーナを見《み》ていました。

一歩《ぽ》ふみだすごとに、長《なが》ぐつには、ますますどろがくっついてきました。

「ほら、あたしの足見《あしみ》て！　ゾウのあしみたい！」と、ラモーナはさけびました。

ラモーナの長《なが》ぐつは、だんだん重《おも》くなってきました。

ヘンリーは、それ以上心《いじょうごころ》のなかでたたかうのをやめました。そして、

「そんなことしてると、足《あし》がぬけなくなるぞ！」と、さけびました。

「へいきよ、ぬけなくなんかならないわ！」と、ラモーナはいいかえしました。

ところが、そのすぐあと、ラモーナは、右足《みぎあし》がもちあがらないのに気《き》がつきました。左足《ひだりあし》はと思《おも》うと、これも、もちあがりません。しっかりと底《そこ》にくっついているようです。ラモーナは、両方《りょうほう》の手《て》で長《なが》ぐつの上《うえ》をつかみ、足《あし》をもちあげようとしました。けれども、長《なが》ぐつは、びくともしませんでした。反対《はんたい》がわの足《あし》もやってみましたが、こちらも同《おな》じです。ヘンリーのいったとおりでした。ビネー先生《せんせい》に、こんなところを見《み》つかったら、きっとしかられるでしょう。でも、ラモーナは、どうにも身動《みうご》きがとれなくなったのです。

「だから、いったのに！」ヘンリーは、交通係《こうつうがかり》のきまりに違反《いはん》して、どなりました。

ビニールのレインコートの中《なか》で、ラモーナのからだは、だんだんあつくなってきま

した。ラモーナは、必死《ひっし》でひっぱったり、もちあげたりしました。長《なが》ぐつの中《なか》でなら、かた方《ほう》ずつ、足《あし》をもちあげることはできました。でも、長《なが》ぐつを手《て》でつかんで、どんなにひっぱっても、思《おも》いっきりひねっても、だいじなだいじな長《なが》ぐつを、どろの中《なか》からもちあげることはできませんでした。

ラモーナは、ますますあつ

くなってきました。このままでは、ぜったいこのどろからぬけだせないでしょう。幼《よう》稚園《ちえん》は、ラモーナをおいてきぼりにして始《はじ》まってしまい、ラモーナは、たった一人《ひとり》で、どろの中《なか》にのこされるでしょう。教室《きょうしつ》に入《はい》って、あの「あかつきのほ」の歌《うた》をうたったり、すわって勉強《べんきょう》をしたりしていなければならない時間《じかん》に、こんなどろの中《なか》にいたら、ビネー先生《せんせい》はなんというでしょう。ラモーナのあごが、ひくひくとふるえはじめました。

「ラモーナを見《み》て！　ラモーナを見《み》て！」と、幼稚園《ようちえん》の子《こ》どもたちが、キイキイ声《ごえ》でさけびました。

ビネー先生《せんせい》が、レインコートを着《き》て、頭《あたま》の上《うえ》にビニールのフードをかぶって、運動《うんどう》場《じょう》にあらわれました。

「あら、あら、あら！」

ラモーナの耳《みみ》に、ビネー先生《せんせい》の声《こえ》が聞《き》こえました。

車《くるま》でそこを通《とお》りかかった人《ひと》は、車《くるま》を止《と》めてラモーナをながめ、ラモーナのほっぺたを、涙《なみだ》と雨《あめ》が入《い》りまじって流《なが》れるのを見《み》て、わらいました。ビネー先生《せんせい》が、水《みず》をはねかしながら、道《みち》をわたってとんできました。

「まあ、ラモーナ。どうしたらいいの？　どうやったら、あなたをひっぱりだせるかしら？」と、先生《せんせい》はいいました。

「わか――わかりません。」ラモーナは、しゃくりあげながらこたえました。ビネー先生《せんせい》まで、いっしょにどろの中《なか》で動《うご》けなくなったらたいへんです。そんなことになったら、幼稚園《ようちえん》の午前組《ごぜんぐみ》の子《こ》どもがこまります。

車《くるま》の中《なか》から、一人《ひとり》の男《おとこ》の人《ひと》が、

「板《いた》を二、三まい持《も》ってくりゃいいんですよ」と、いいました。

「いやぁ、板《いた》じゃ、しずんじゃってだめだろう」と、歩道《ほどう》を通《とお》りかかった人《ひと》がいいました。

第一鈴《だいれい》が鳴《な》りました。ラモーナは、いっそうひどくしゃくりあげました。こうなったら、ビネー先生《せんせい》は、教室《きょうしつ》に帰《かえ》らなければならないでしょう、ラモーナを、どろと、雨《あめ》と、寒《さむ》さのなかに、たった一人《ひとり》のこして——。　このころになると、本校舎《ほんこうしゃ》の窓《まど》からも、大《おお》きな子《こ》どもたちが、じっとなりゆきを見《み》ていました。

「だいじょうぶよ、ラモーナ。なんとかしてあげますからね」と、ビネー先生《せんせい》はいいました。

ラモーナは、どろにはまったトラックをどうするか、まえに見《み》て知《し》っていたので、なんとかして先生《せんせい》を助《たす》けようと思《おも》って、すすりあげながらいいました。

「先生《せんせい》、レッカー車《しゃ》たのんでくれますか？」

ラモーナは、自分《じぶん》のレインコートのえりに、重《おも》いくさりのついたかぎがひっかけられて、ぐいぐいひっぱられるところを想像《そうぞう》しました。それが、とてもおもしろかったので、ラモーナのすすり泣《な》きは、少《すこ》しおさまりました。ラモーナは、先生《せんせい》がなんといってくれるかと、期待《きたい》をこめて返事《へんじ》を待《ま》ちました。

第二鈴《だいれい》が鳴《な》りました。ビネー先生《せんせい》は、ラモーナを見《み》ていませんでした。先生《せんせい》は、考《かん》え深《ぶか》そうにヘンリー・ハギンズを見《み》ていました。ヘンリーは、なんだか目《め》をそらして、遠《とお》いところを見《み》ているようでした。

交通係《こうつうがかり》の隊長《たいちょう》が、ピーッと笛《ふえ》をふきました。それぞれの持《も》ち場《ば》にいる交通係《こうつうがかり》を集《あつ》めて、学校《がっこう》へ帰《かえ》るためです。

「ちょっと、そこの人《ひと》！　交通係《こうつうがかり》の人《ひと》！」と、ビネー先生《せんせい》はよびました。

「えっ、だれですか？　ぼくですか？」ヘンリーは、その交差点《こうさてん》にいるのは、自分《じぶん》一人《ひとり》だとわかっているのに、ききかえしました。

「その子《こ》、ヘンリー・ハギンズって名《な》まえです。」ラモーナは、なんとかしてビネー先生《せんせい》の役《やく》にたとうとしていいました。

「ヘンリー、ちょっとここへ来《き》てちょうだい」と、ビネー先生《せんせい》がいいました。

「笛《ふえ》が鳴《な》ったから、行《い》かなくちゃいけないんです。」ヘンリーは、本校舎《ほんこうしゃ》の大《おお》きな赤《あか》レンガの建物《たてもの》から、じっとこっちを見《み》ている男《おとこ》の子《こ》や女《おんな》の子《こ》を、ちらっと見《み》あげながらいいました。

「でも、これは緊急《きんきゅう》の場合《ばあい》だから」と、ビネー先生《せんせい》はいいました。「あなたは、長《なが》ぐつはいているでしょう。この女《おんな》の子《こ》をどろの中《なか》からひっぱりだすの手伝《てつだ》ってほしいの。校長先生《こうちょうせんせい》にはあとでわたしからお話《はな》しします。」

ヘンリーは、あまり気《き》のりしないようすでしたが、とにかく走《はし》って、道《みち》のこっちへわたってきました。どろの手前《てまえ》まで来《く》ると、ヘンリーは、足《あし》をふみいれるまえに、大《おお》きく一《ひと》つため息《いき》をつきました。そして、用心深《ようじんぶか》く足場《あしば》をえらびながら、どろと水《みず》たまりの中《なか》を、ラモーナのところまで歩《ある》いていきました。

「見《み》ろ。だからおれがいっただろう。入《はい》るなって」と、ヘンリーは、ぷりぷりしていました。

このときばかりは、ラモーナも、ひとこともありませんでした。まったく、ヘンリーのいうとおりだったからです。

「だいていかないとしょうがないだろうな」と、ヘンリーはいいました。やりきれないといわんばかりの口調《くちょう》でした。「つかまれよ。」

ヘンリーは、からだをかがめて、ラモーナのこしのところをつかみました。ラモーナは、いわれるままに、ヘンリーのレインコートのぬれたえりのところに両手《りょうて》をかけました。ヘンリーは、大《おお》きくて、しっかりしていました。

ところが、そのとき、おそろしいことがおこりました。ラモーナのからだは持《も》ちあげられたものの、あの、新《あたら》しい、きれいな長《なが》ぐつがあとにのこってしまったのです。

「あたしのくつ！　あたしの長《なが》ぐつ！」と、ラモーナは、悲痛《ひつう》なさけび声《ごえ》をあげました。「あたしの長《なが》ぐつがぬげちゃったあ！」

ヘンリーは、足《あし》をすべらせて、よろけましたが、ラモーナをだいたまま、どうにか立《た》ちなおりました。

「だまってろ！」と、ヘンリーは命令《めいれい》しました。「おれは、今《いま》、おまえをここから助《たす》けだしてるんだぞ。それともなにか。二人《ふたり》ともいっしょに、どろの中《なか》で立《た》ち往生《おうじょう》させようっていうのか？」

ラモーナは、しっかりつかまって、それ以上何《いじょうなに》もいいませんでした。ヘンリーは、よろけたり、すべったりしながら、ようやく歩道《ほどう》のところまでもどり、ビネー先生《せんせい》の前《まえ》に、このお荷物《にもつ》をおろしました。

「いよーう！」何人《なんにん》かの男《おとこ》の子《こ》が、窓《まど》をあけてさけびました。「いよう、ヘンリー、いいぞ、いいぞ！」

ヘンリーは、声《こえ》のするほうを向《む》いて、顔《かお》をしかめました。

「ありがとう、ヘンリー。」ビネー先生《せんせい》は、歩道《ほどう》のはしで、長《なが》ぐつについたどろをこすりおとしているヘンリーに向《む》かって、心《こころ》のこもった声《こえ》でいいました。「ラモーナ、ありがとうは？」

「あたしの長《なが》ぐつー」と、ラモーナはいいました。「ヘンリーったら、あたしのまっさらの長《なが》ぐつ、どろの中《なか》においてきちゃったあ！」

あのどろの海《うみ》の中《なか》で、長《なが》ぐつは、まっかな二《ふた》つの点《てん》のように見《み》えました。かわいそうに、ぽつんととりのこされて……。ラモーナは、どうしても、長《なが》ぐつをそのままにしておく気《き》には、なれませんでした。あんなに待《ま》って、やっと手《て》に入《い》れた長《なが》ぐつなのに、ぜったいそんなことはできません。そんなことをすれば、だれかにとられてしまうかもわかりません。そうしたら、いやでもまたあのハーウィのいやらしい長《なが》ぐつをはかなければならなくなります。

「だいじょうぶよ、ラモーナ」と、ビネー先生《せんせい》はいいました。先生《せんせい》は、心配《しんぱい》そうに自分《じぶん》の組《くみ》の生徒《せいと》たちを見《み》ました。子《こ》どもたちは、ぬれながら、さくごしにこっちを見《み》ていました。

「こんな日《ひ》だもの、だれも、あなたのくつとっていったりしやしません。雨《あめ》がやんで、地面《じめん》がかわいたら、とりにもどりましょう。」

「だって、中《なか》に水《みず》が入《はい》っちゃうよう」と、ラモーナはがんばりました。「雨《あめ》がたまって、いたんじゃうよう。」

ビネー先生《せんせい》は、ラモーナの気持《きも》ちをわかってくれましたが、考《かんが》えはかえませんでした。

「あなたの気持《きも》ちはわかるわ。でも、今《いま》はしかたがないでしょう」と、先生《せんせい》は、きっぱりいいました。

先生《せんせい》のこのことばは、ラモーナにはあんまりでした。ハーウィのお古《ふる》の、あのいやらしい茶色《ちゃいろ》の長《なが》ぐつをさんざんはかされたあとで、やっと手《て》に入《い》れた赤《あか》いきれいな新《あたら》しい長《なが》ぐつを、どろの中《なか》にのこして、水《みず》が入《はい》るにまかせるなんて。

「長《なが》ぐついるう。長《なが》ぐついるんだあ。」ラモーナは、ありったけの声《こえ》でわめき、また泣《な》きだしました。

「ちぇっ、いいよ、いいよ。とってきてやるよ。もう泣《な》くなよ。」ヘンリーは、おこったようにいいました。そして、もう一度《いちど》大《おお》きくため息《いき》をつくと、どろの中《なか》へひきかえしていって、長《なが》ぐつをつかんでぐいぐいひっぱり、ようやくのことでひっぱりあげると、またどろの中《なか》を歩《ある》いて、歩道《ほどう》のところまでもどってきました。

ヘンリーは、ラモーナの足《あし》もとに長《なが》ぐつを落《お》とし、そのどろまみれの物体《ぶったい》を、不《ふ》ゆかいそうにながめて「ほら」と、いいました。

ラモーナは、ヘンリーが、つづけて、「これで、気《き》がすむんだろ」というだろうと思《おも》いました。けれども、ヘンリーは、何《なに》もいいませんでした。さっさと道《みち》をわたって、学校《がっこう》のほうへ帰《かえ》っていきました。

「ありがとう、ヘンリー。」ラモーナは、今度《こんど》は、さいそくされるのを待《ま》たずに、ヘンリーの後《うし》ろから大《おお》きな声《こえ》でいいました。

黄色《きいろ》のレインコートを着《き》た、大《おお》きな、強《つよ》い交通係《こうつうがかり》の男《おとこ》の子《こ》に助《たす》けだされたことは、ラモーナに何《なに》か一種《いっしゅ》どくとくの感《かん》じをあたえました。

ビネー先生《せんせい》は、どろだらけの長《なが》ぐつをとりあげていいました。

「まあ、きれいな赤《あか》いくつねえ。水道《すいどう》のところで、どろを落《お》としましょうね。そしたら、はじめと同《おな》じようにすっかりきれいになるわ。さ、急《いそ》いで幼稚園《ようちえん》に帰《かえ》りましょう。」

ラモーナは、ビネー先生《せんせい》を見《み》あげて、にっこりしました。やっぱり先生《せんせい》は、世界《せかい》じゅうで、いちばんあたしのことをよくわかってくれるいい先生《せんせい》だ、とラモーナは思《おも》いました。ビネー先生《せんせい》は、おこごとや、ぐちっぽいお説教《せっきょう》は、ひとこともいいませんでした。「なんでまたあんなことしたの？」とか、「どうしてあんなばかなまねしたのよ？」とは、けっしていいませんでした。

このとき、歩道《ほどう》のはしにいたあるものが、ラモーナの目《め》にとまりました。それは、まだ少《すこ》しくにゃくにゃと動《うご》いているピンクのミミズでした。ラモーナは、それを拾《ひろ》って指《ゆび》にまき、ヘンリーのほうに向《む》かって、さけびました。

「あたし、あんたと結婚《けっこん》するわ、ヘンリー・ハギンズ！」

交通係《こうつうがかり》の少年《しょうねん》は、背《せ》すじをしゃんとしていなければいけないはずでしたが、このときのヘンリーは、まるで消《き》えられるものなら消《き》えてしまいたいとでも思《おも》っているように、レインコートの中《なか》で、背中《せなか》をかがめていました。

「あたし、婚約指輪《こんやくゆびわ》持《も》ってるの。だから、あんたと結婚《けっこん》するわ！」

ラモーナは、ヘンリーに向《む》かって、大声《おおごえ》でどなりました。午前組《ごぜんぐみ》の幼稚園《ようちえん》の子《こ》どもたちは、キャッキャャッとわらって、手《て》をたたきました。

「いよう、ヘンリー！」大《おお》きい男《おとこ》の子《こ》たちが窓《まど》から身《み》をのりだしてひやかしました。

でも窓《まど》は、すぐ先生《せんせい》の手《て》でしめられてしまいました。

ビネー先生《せんせい》について道《みち》をわたっているとき、デービイが、

「ひぇーっ、助《たす》かった、おれでなくって！」といっているのが、ラモーナの耳《みみ》に入《はい》りました。

6

世界大悪《せかいだいあく》の魔女《まじょ》

幼稚園《ようちえん》の午前組《ごぜんぐみ》で、オレンジ色《いろ》の紙《かみ》を、カボチャぢょうちんの形《かたち》にくりぬき、口《くち》と目《め》から光《ひかり》がさすように、それを窓《まど》ガラスにはりつけたとき、ラモーナは、やっとハロウィンがやってきたという気《き》がしました。

クリスマスと、自分《じぶん》のお誕生日《たんじょうび》の次《つぎ》に、ラモーナがすきなのが、このハロウィンでした。衣装《いしょう》をつけて、暗《くら》くなってから、ビーザスといっしょに、「いたずらか、ごちそうか」*に出《で》かけるのもおもしろくてすきでしたし、街灯《がいとう》の光《ひかり》にてらされて、葉《は》の一まいもなくなった木《き》のえだがゆれ、あたりがおばけの世界《せかい》のように思《おも》える夜《よる》の感《かん》じもすきでした。人《ひと》をおどろかすのもおもしろいし、自分《じぶん》がおどろかされて、背《せ》すじがぞくぞくとするときの感《かん》じもすきでした。

これまで、ラモーナは、おかあさんといっしょに、ハロウィンの日《ひ》にグレンウッド小学校《しょうがっこう》に行《い》き、生徒《せいと》たちの仮装行列《かそうぎょうれつ》を見《み》るのをたのしみにしてきました。そのあと、たいていは、おあまりのドーナツと、紙《かみ》コップに入《はい》ったリンゴジュースをもらいました。ところがことしは、いよいよ自分《じぶん》が衣装《いしょう》をつけて、運動場《うんどうじょう》をぐるぐるまわる行列《ぎょうれつ》にくわわるのです。おかあさんたちや、小《ちい》さい妹《いもうと》や弟《おとうと》たちといっしょに、ベンチで見物《けんぶつ》するのとはちがいます。ドーナツだって、リンゴジュースだって、おあまりじゃな

＊いたずらか、ごちそうか……ハロウィンには、仮装《かそう》をした子《こ》どもたちが、「トリック・オア・トリート（いたずらか、ごちそうか）」といいながら、近所《きんじょ》をまわって、おかしをもらい、くれない人《ひと》にはいたずらをしてもいいことになっている。

くて、ちゃんともらえるのです。

「ママ、あたしのお面買《めんか》ってくれた?」ラモーナは、毎日《まいにち》、学校《がっこう》から帰《かえ》ってくると、そうききました。

「いいえ、きょうは買《か》わなかったわ」と、おかあさんはいいました。「そううるさくいわないの。今度《こんど》ショッピングセンターに行《い》ったとき、ちゃんと買《か》ってきてあげますよ。」

ラモーナは、べつにうるさくいっているつもりはありませんでした。おとなって、どうしてあんなに落《お》ちついていられるのでしょう。わけがわかりません。

「こわいお面《めん》にしてね、ママ」と、ラモーナはいいました。「あたし、世界大悪《せかいだいあく》の魔《ま》女《じょ》になるんだから。」

「最悪《さいあく》のでしょ。」ビーザスは、ラモーナのことばを耳《みみ》にはさんだときは、かならずこういいなおしました。

「ちがうもん。大悪《だいあく》の魔女《まじょ》だもん」と、ラモーナはがんばりました。「大悪《だいあく》」のほうが、「最悪《さいあく》」よりもっとこわい感《かん》じがします。ラモーナは、わるい魔女《まじょ》の話《はなし》を聞《き》くのが大《だい》すきでした。わるければわるいほど、おもしろいと思《おも》いました。よい魔女《まじょ》の話《はなし》なんて、がまんなりませんでした。だって、魔女《まじょ》というのは、もともとわるいものにきまっているからです。それだからこそ、自分《じぶん》も魔女《まじょ》になることにきめたのでした。

ところが、ある日《ひ》、ラモーナが学校《がっこう》から帰《かえ》ってみると、ベッドの足《あし》もとに、茶色《ちゃいろ》の紙《かみ》ぶくろが二《ふた》つおいてありました。一《ひと》つのふくろには、黒《くろ》いきれと、魔女《まじょ》の服《ふく》の型紙《かたがみ》が入《はい》っていました。型紙《かたがみ》の上《うえ》に印刷《いんさつ》してある絵《え》の魔女《まじょ》は、A《エイ》の字《じ》のように、さきのとがった帽子《ぼうし》をかぶっていました。二番《ばん》めのふくろをあけると、ゴムでできた魔女《まじょ》のお面《めん》が出《で》てきました。それがあんまりおそろしい顔《かお》だったので、ラモーナは、ひと目見《めみ》るなりパッと手《て》をはなしました。お面《めん》は、ベッドの上《うえ》に落《お》ちました。さわるのもこわいようなお面《めん》でした。ぶよぶよした顔《かお》は、かびのような緑《みどり》がかったはい色《いろ》で、頭《あたま》には、ぼさぼさの毛《け》が生《は》えています。鼻《はな》はかぎ鼻《ばな》でいぼがあり、歯《は》はらんぐい歯《ば》でした。くりぬかれた二《ふた》つの目《め》が、なんとも凶悪《きょうあく》な目《め》つきで、じっとラモーナを見《み》つめているようでした。それがあんまりものすごい顔《かお》だったので、ラモーナは、もう一度《いちど》手《て》にとって、自分《じぶん》の顔《かお》にかぶせるまえに、だいじょうぶ、これは、十セントストアから買《か》ってきた、ただのゴムのお面《めん》なんだから、と何度《なんど》も自分《じぶん》にいいきかせて、元気《げんき》を出《だ》さなければなりませんでした。

ラモーナは、おそるおそる鏡《かがみ》をのぞいてみました。そして、あわててとびのきました。それから、今度《こんど》は、勇気《ゆうき》を出《だ》して、じっと見《み》ました。だいじょうぶ

よ、中《なか》にいるのはあたしなんだから、ラモーナは、そう自分《じぶん》にいいきかせて、やっと安心《あんしん》しました。ラモーナは、走《はし》っておかあさんのところに見《み》せにいきました。お面《めん》をかぶってしまうと、自分《じぶん》では顔《かお》が見《み》えないので、とってもいさましい気分《きぶん》になりました。

「あたしは、世界大悪《せかいだいあく》の魔女《まじょ》だぞう！」と、ラモーナはさけびました。お面《めん》で口《くち》がふさがれているので、声《こえ》が内《うち》にこもりました。ラモーナは、おかあさんが、あんまりびっくりして、ぬいものを下《した》に落《お》としたのを見《み》て、大《おお》よろこびでした。

ラモーナは、おとうさんとビーザスが帰《かえ》ってくるのを待《ま》ちました。このお面《めん》をかぶってとびだしていって、びっくりさせてやるのです。

けれども、その夜《よる》、寝《ね》るまえに、ラモーナは、お面《めん》をくるくるとまいて、居間《いま》のソファーのクッションの後《うし》ろにかくしました。

「なんでそんなことするの？」と、ビーザスがききました。

ビーザスは、ことし、おひめさまになって、はばのせまいピンクのお面《めん》をつけることになっていたので、なんにもこわいものはないのです。

「なんでも」と、ラモーナはこたえました。

しかし、ほんとうのことをいえば、あのおそろしい、いやな目《め》つきでこっちをじっとにらんでいるようなお面《めん》と、同《おな》じへやで寝《ね》るのがいやだったからです。

そのあと、ラモーナは、そうっとクッションを持《も》ちあげて、あのおそろしいお面《めん》をちょっと見《み》ては、またパッとふせました。見《み》るたびにこわくて、ぞくぞくっとしました。自分《じぶん》で自分《じぶん》をこわがらせるのは、とてもおもしろいことでした。

いよいよラモーナの衣装《いしょう》ができあがり、ハロウィンの行列《ぎょうれつ》の日《ひ》がやってきました。幼稚園《ようちえん》の午前組《ごぜんぐみ》の子《こ》どもたちは、その朝《あさ》、お勉強《べんきょう》の時間《じかん》に、しずかにすわっていることができませんでした。マットをしいてお休《やす》みをする時間《じかん》のときも、あんまりみんながごそごそ動《うご》きまわるので、ビネー先生《せんせい》は、どの子《こ》を目《め》ざまし妖精《ようせい》にするか、なかなかきめられませんでした。とうとう幼稚園《ようちえん》がおしまいになったとき、みんなは、きまりのことをすっかりわすれて、いっせいにドアに突進《とっしん》しました。

うちに帰《かえ》ると、ラモーナは、ツナのサンドイッチのやわらかいところだけ食《た》べました。おかあさんが、ハロウィンの行列《ぎょうれつ》に行《い》くのに、おなかがからっぽではいけませんと、やかましくいったからです。パンの耳《みみ》のかたいところは、ぎゅっと紙《かみ》ナプキンにつつんで、お皿《さら》の下《した》にかくしました。それから大急《おおいそ》ぎで長《なが》い黒《くろ》いドレスを着《き》、ケープをまとい、お面《めん》をつけ、とんがった魔女《まじょ》の帽子《ぼうし》をかぶって、ゴムひもをあごにかけました。ラモーナは、このゴムひもはあまり気《き》に入《い》りませんでした。本《ほん》に出《で》てくる魔女《まじょ》で、あごにゴムひもをかけているのなんて見《み》たことがありません。でも、この日《ひ》は、あまりうれしくて、はしゃいでいたので、そのことで、ぐずぐずいったり、大《おお》さわぎする気《き》はありませんでした。

「見《み》て、ママ！　あたしは、世界大悪《せかいだいあく》の魔女《まじょ》だぞう！」と、ラモーナはさけびました。

おかあさんは、ラモーナを見《み》て、にっこりしました。そして、長《なが》い黒《くろ》いドレスの上《うえ》からラモーナをやさしくたたきながら、かわいくてたまらないといったふうに、

「ときどき、ほんとにそうじゃないかって思《おも》うときがありますよ」と、いいました。

「ねえ、行《い》こうよう、ママ！　早《はや》くハロウィンの行列《ぎょうれつ》に行《い》こうよう。」

ラモーナは、このときがくるのを、待《ま》ちに待《ま》っていたので、もうあと五分《ふん》も待《ま》てない気《き》がしました。

「ここで待《ま》ってるってハーウィのおかあさんに、いったの」と、おかあさんはいいました。

「ねえ、さきに行《い》っちゃだめ？」ラモーナは、ハーウィのすがたが見《み》えないかと、表《おもて》の窓《まど》のところに走《はし》っていきながら、不服《ふふく》そうにいいました。

でも、つごうのいいことに、ケムプさんのおばさんと、ウィラジーンは、もうそこまで来《き》ていました。二人《ふたり》のあとから、黒《くろ》ネコの衣装《いしょう》をつけたハーウィが、かた手《て》にし

っぽを持《も》って、のろのろと歩《ある》いてきました。ベビーカーに乗《の》ったウィラジーンまでが、出《で》っ歯《ぱ》のウサギのお面《めん》をつけていました。

ラモーナは、もうじっとしていられませんでした。玄関《げんかん》のドアをパッとあけると、「やあ、やあ、あたしは、世界大悪《せかいだいあく》の魔女《まじょ》だぞう！」と、お面《めん》をかぶったまま、わめきながら、外《そと》へとびだしました。「やーい、ハーウィ！　おまえをつかまえてやる。ハーウィ！」

ハーウィは、しっぽをぶらさげたまま、ぼんやりと歩《ある》いていました。そこで、ラモーナは、自分《じぶん》から走《はし》ってハーウィをむかえにいきました。ハーウィは、お面《めん》はつけていませんでした。そのかわり、パイプそうじ用《よう》のモールを、ほっぺたにセロハンテープでとめて、ひげのかわりにしていました。

「あたしは、世界大悪《せかいだいあく》の魔女《まじょ》だぞう」と、ラモーナはいいました。「あんた、あたしのネコになんなさいよ。」

「おまえのネコになんかなるかい」と、ハーウィはいいました。「はじめっから、ネコになんかなりたくなかったんだ。」
「ああら、どうして？」と、ラモーナのおかあさんが、そばへ来《き》ながらいいました。「とってもいいネコよ。」
「だって、しっぽがやぶけてるんだもん。しっぽのやぶけたネコなんて、ごめんだよ」と、ハーウィは、口《くち》をとがらせていいました。
ケムプさんのおばさんは、ため息《いき》を

つきました。

「いいこと、ハーウィ。おまえが、しっぽのはしをちょっと手《て》で持《も》ってれば、だれもやぶれてることなんか気《き》がつきゃしませんよ。」

それからおばさんは、ラモーナのおかあさんのほうを向《む》いて、つけくわえました。

「この子《こ》にはね、海賊《かいぞく》の衣装《いしょう》をつくるって約束《やくそく》してあったんです。でも、上《うえ》の子《こ》が病《びょう》気《き》になっちゃって、あたしがその子《こ》の熱《ねつ》をはかってる間《ま》に、ウィラジーンが戸《と》だなにもぐりこんで、サラダオイルを、そっくり一《ひと》びん、台所《だいどころ》の床《ゆか》にひっくりかえしちゃったんですよ。油《あぶら》だらけになった床《ゆか》をそうじするのは、どんなもんだか、やってみた人《ひと》でないとわかりませんわ。そしたら、その間《ま》に、ハーウィが――ええ、わかってますよ、おまえが手伝《てつだ》おうとしてくれたことはね――スポンジをとりにおふろ場《ば》へ行《い》って、ひざをついたら、そこに、だれかがキャップをしめわすれた歯《は》みがきのチューブがあったもんだから――いいじゃないの、ハーウィ、おかあさん、なにもあんたがキヤップしめわすれたっていってないでしょ――まあ、歯《は》みがきがおふろ場《ば》じゅう、にゅるにゅるひろがっちゃって、また、おふろ場《ば》の大《おお》そうじ。しかたないから、上《うえ》の子《こ》の古《ふる》いネコの衣装《いしょう》をひきだしからひっぱりだして着《き》せたはいいんだけど、しっぽの中《なか》に入《い》れてあった針金《はりがね》がおれちゃっててねえ。でも、もう、全部《ぜんぶ》ほどいて新《あたら》しい針金入《はりがねい》れなおす時間《じかん》がないでしょう。」

「だけど、そのおひげがすてきじゃない」と、ラモーナのおかあさんは、なんとかハーウィの気《き》をひきたてようとしていいました。

「セロハンテープはかゆいんだよう」と、ハーウィはいいました。

ハーウィったらだめね、ハロウィンの日《ひ》でさえ、たのしくやろうとしないんだから、とラモーナは思《おも》いました。いいよ、いいよ。ほっとこう。あたし一人《ひとり》でたのしめばいいんだから……。

「あたしは、世界大悪《せかいだいあく》の魔女《まじょ》だぞう。」ラモーナは、モゴモゴした声《こえ》でうたい、両足《りょうあし》でスキップしながらそのへんをとんで歩《ある》きました。「あたしは、世界大悪《せかいだいあく》の魔女《まじょ》だぞう。」

運動場《うんどうじょう》の近《ちか》くまで来《く》ると、そこはもう、ハロウィンの衣装《いしょう》を着《き》た午前組《ごぜんぐみ》と午後組《ごごぐみ》の幼稚園《ようちえん》の生徒《せいと》でいっぱいでした。かわいそうに、マザーグースのおばあさんの衣装《いしょう》をつけたビネー先生《せんせい》は、きょうは六十八人《にん》もの子《こ》どものめんどうをみなければならなくなっていました。

道《みち》をわたったところで、ラモーナのおかあさんは、「さ、早《はや》く行《い》ってらっしゃい」と、いいました。「おかあさんは、ハーウィのおかあさんといっしょに、本校《ほんこう》の運動《うんどう》場《じょう》に行《い》って、あいているベンチさがしてきますからね。ぐずぐずしていると、すわれなくなるから。」

ラモーナは、キイキイ声《ごえ》をあげながら、運動場《うんどうじょう》に、とびこんでいきました。

「やあ、やあ！　あたしは、世界大悪《せかいだいあく》の魔女《まじょ》だぞう！」

だれも、ふりむきもしませんでした。めいめいがすごい声《こえ》でわめいていたからです。

そのやかましさときたら、そうとうなものでした。ラモーナは、ありったけの声《こえ》でわめき、さけび、キイキイいいながら、だれかれなく追《お》いかけまわしました。宿《やど》なしを追《お》いかけ、ゆうれいを追《お》いかけ、バレリーナを追《お》いかけました。ラモーナとそっくり同《おな》じお面《めん》と衣装《いしょう》をつけた魔女《まじょ》たちが、ラモーナを追《お》いかけてくることもありました。すると、ラモーナは、くるっと向《む》きをかえて、反対《はんたい》にその魔女《まじょ》たちを追《お》いかけました。ラモーナは、ハーウィを追《お》いかけようとしました。けれども、ハーウィは、走《はし》ろうとしませんでした。ハーウィは、みんなのさわぎにはくわわらないで、一人《ひとり》さくのそばに立《た》って、やぶれたしっぽをにぎっていました。

ラモーナは、大《だい》すきなデービイが、十セントストアから買《か》ってきた、ぺらぺらの海《かい》賊《ぞく》の衣装《いしょう》を着《き》ているのを見《み》つけました。お面《めん》こそかぶっていましたが、細《ほそ》い足《あし》でそれとわかりました。ついにチャンス到来《とうらい》！　ラモーナは、とびかかるようにしてデービイをつかまえ、ゴムのお面《めん》をかぶったままキスしました。デービイは、一瞬《いっしゅん》ぎょっと

したようでした。けれども、すぐわれに返《かえ》って、ゲエゲエはくふりをしました。とうとうデービイをつかまえて、キスすることができたラモーナは、すっかり満足《まんぞく》して走《はし》っていきました。

このとき、おかあさんに送《おく》ってもらってきたスーザンが、車《くるま》からおりるのが見《み》えました。スーザンは、いかにもスーザンらしい好《この》みで、昔《むかし》ふうの女《おんな》の子《こ》の仮装《かそう》をし、すそまでのスカートに、エプロンをつけ、パンタレット*をはいていました。

「あたしは、世界大悪《せかいだいあく》の魔女《まじょ》だぞう!」ラモーナは、大声《おおごえ》をあげて、スーザンを追《お》いかけました。

スーザンのまき毛《げ》が、肩《かた》のところで、ふわふわとかろやかにゆれました。こればっかりは、いくら仮装《かそう》をしていてもかくせません。ラモーナは、もうがまんできなくなりました。何週間《なんしゅうかん》もがまんにがまんしていたのです。ラモーナは、スーザンのまき毛《げ》の一《ひと》つをぐいとつかむと、ゴムのお面《めん》の下《した》から、

「ボイーン！」といいながら、手《て》をはなしました。

「やめてよ。やめてったら。」スーザンは、そういって、髪《かみ》をなでつけました。

「やあ、やあ！　あたしは、世界大悪《せかいだいあく》の魔女《まじょ》だぞう！」ラモーナは、ますます調子《ちょうし》にのって、もう一《ひと》つのまき毛《げ》をつかむと、また、モゴモゴ声《ごえ》で、

「ボイーン！」と、さけびました。

道化《どうけ》がわらいながらやってきて、ラモーナといっしょになってスーザンのまき毛《げ》をひっぱり、

「ボイーン！」と、さけびました。

昔《むかし》ふうの女《おんな》の子《こ》は、かんかんになり、足《あし》をふみならして、「やめてったら！」と、さけびました。

「ボイーン！　ボイーン！」ほかの子《こ》たちもやってきて、このゲームにくわわりました。

＊パンタレット……ズボンのような下着《したぎ》で、足首《あしくび》のところにかざりレースがついているもの。

スーザンは、にげようとしました。けれど、どっちへにげても、そこにはだれかがいて、まき毛《げ》をひっぱって、「ボイーン！」と、いいました。スーザンは、ビネー先《せん》生《せい》のところへにげこみました。

「ビネー先生《せんせい》！　ビネー先生《せんせい》！」と、スーザンは、泣《な》き声《ごえ》でいいました。「みんなが、あたしのことといじめるんです！　髪《かみ》の毛《け》ひっぱって、ボイーン、ボイーンていうんです！」

「だれがいじめるの？」と、ビネー先生《せんせい》はききました。

「みんなです。」スーザンは、涙声《なみだごえ》でいいました。「魔女《まじょ》が始《はじ》めたんです。」

「どの魔女《まじょ》？」と、ビネー先生《せんせい》はききました。

スーザンは、まわりを見《み》まわしました。そして、

「どの魔女《まじょ》かわかりません。けど、わるい魔女《まじょ》です」と、いいました。

あたしだよ、世界大悪《せかいだいあく》の魔女《まじょ》だよ、とラモーナは心《こころ》のなかでいいました。と同時《どうじ》

に、ちょっとびっくりしました。お面《めん》をかぶっているので、人《ひと》には自分《じぶん》が見《み》えないのだということに、このときはじめて気《き》がついたからです。

「だいじょうぶよ、スーザン。先生《せんせい》のそばにいらっしゃい。そうすれば、だれもあなたをいじめたりしないから」と、ビネー先生《せんせい》はいいました。

どの魔女《まじょ》？　どの魔女《まじょ》？　ラモーナは、ビネー先生《せんせい》のいったことばを、口《くち》の中《なか》でくりかえしました。どの魔女《まじょ》？　どの魔女《まじょ》？

そうくりかえしているうちに、ラモーナは、ふと、ビネー先生《せんせい》は、あたしがラモーナだってこと知《し》っているのかしら？　と気《き》になりました。そこで、先生《せんせい》のところへ走《はし》っていって、

「こんにちは、ビネー先生《せんせい》！　先生《せんせい》をつかまえちゃうぞう！」と、モゴモゴ声《ごえ》でどなりました。

「ああら、なんておそろしい魔女《まじょ》だこと！」と、ビネー先生《せんせい》はいいました。

でも、なんだか、半分《はんぶん》、うわのそらのようないいかたでした。ビネー先生《せんせい》が、本気《ほんき》でこわがっていないのは明《あき》らかでした。それに、あっちにもこっちにも魔女《まじょ》がいるので、これがラモーナだということに気《き》づいてもいませんでした。

さあ、こうなると、こわくなったのはビネー先生《せんせい》ではありませんでした。ラモーナでした。ビネー先生《せんせい》は、この魔女《まじょ》がだれなのか、知《し》ってはいません。先生《せんせい》だけではありません。どれがラモーナか、知《し》っている人《ひと》は一人《ひとり》もいないのです。もし、だれもラモーナを知《し》らないとすれば、ラモーナは、だれでもないことになります。

「そこどけよ、魔女《まじょ》！」と、エリック・R《アール》.がラモーナに向《む》かってどなりました。エリックは、そこどけよ、ラモーナ、とはいいませんでした。

ラモーナは、自分《じぶん》の近《ちか》くに、自分《じぶん》がだれであるかを知《し》っている人《ひと》がだれもいないというような状況《じょうきょう》におかれたことは、今《いま》まで一度《いちど》もありませんでした。去年《きょねん》のハロウィンのときだって、ラモーナは、ゆうれいに化《ば》けてビーザスといっしょに、「いたずらか、ごちそうか」に行《い》きましたが、だれもかれも、ラモーナのことをラモーナだと知《し》っていたようでした。

「このちいちゃなゆうれいさんがだれか、わかってますよ。」近所《きんじょ》の人《ひと》は、そういって、ラモーナの紙《かみ》ぶくろの中《なか》に、小《ちい》さなキャンディーや、ピーナッツなどを入《い》れてくれました。

ところが、今《いま》は、たくさんの魔女《まじょ》が走《はし》りまわり、本校舎《ほんこうしゃ》の運動場《うんどうじょう》には、もっとおおぜいの魔女《まじょ》がいるので、ラモーナのことをラモーナだとわかってくれる人《ひと》は、だれもいません。

「デービイ、あたしがだれだかわかる?」と、ラモーナは、大声《おおごえ》できいてみました。

デービイなら、きっとわかるにちがいありません。

「おまえは、ただのまぬけ魔女《まじょ》さ」と、デービイはこたえました。

ラモーナは、それを聞《き》いて、ぞっとしました。こんなこわい、気味《きみ》のわるい思《おも》いを味《あじ》わったのは、はじめてでした。衣装《いしょう》だけをのこして、自分《じぶん》がどこかへ消《き》えてしまったような気《き》がしました。おかあさんなら、どの魔女《まじょ》が自分《じぶん》か、わかっているだろうか？　とラモーナは思《おも》いました。そして、もし、おかあさんにも自分《じぶん》がわからなかったら……？　と考《かんが》えて、いっそうぞーっとしました。もし、おかあさんまでが、あたしのことわからなくなったらどうしよう？　もし、世界《せかい》じゅうの人《ひと》が、ラモーナがだれかわすれてしまったらどうだろう？　その考《かんが》えのおそろしさに、ラモーナは、いきなりお面《めん》を顔《かお》からひっぱがしました。そして、顔《かお》そのものは、もうそれほどおそろしくはありませんでしたが、お面《めん》をぐるぐるまいてしまいました。もう二度《にど》と見《み》たくない気持《きも》ちでした。

あのいやらしいお面《めん》をとってしまうと、外《そと》の空気《くうき》が、なんとすがすがしく感《かん》じられたことでしょう！　ラモーナは、もう、世界大悪《せかいだいあく》の魔女《まじょ》でいたくはありませんでした。ラモーナ・ジェラルディン・クインビーでいたいと思《おも》いました。そして、ビネー先生《せんせい》にも、運動場《うんどうじょう》にいるほかのみんなにも、自分《じぶん》がラモーナだということを、ちゃんと知《し》っていてもらいたいと思《おも》いました。まわりでは、ゆうれいや、宿《やど》なしや、海賊《かいぞく》が、キャアキャアわめきながら、走《はし》りまわっていました。けれども、ラモーナは、校舎《こうしゃ》の入《い》り口《ぐち》の近《ちか》くに立《た》って、しずかにみんなを見《み》ていました。

デービイが、そばまで走《はし》ってきて、

「やーい！　つかまえられないだろ！」と、さけびました。

「あたし、あんたつかまえたくないもん」と、ラモーナはいいました。

デービイは、びっくりしたような顔《かお》をしました。ちょっとひょうしぬけしたようでもありました。でも、すぐ、

「よっほっほっ、ほいきた、ラム酒《しゅ》が一《ひと》びんだ！」とさけびながら、細《ほそ》い足《あし》でかけていってしまいました。

ジョーイが、そのあとから、大声《おおごえ》で、

「おまえは、ほんとは海賊《かいぞく》なんかじゃない。おまえは、ただの『おかゆなべ』のデービイさ」と、さけびました。

ビネー先生《せんせい》は、この六十八人《にん》の子《こ》どもたちを、一か所《しょ》に集《あつ》めて、二列《れつ》にならばせようとしていました。見《み》るに見《み》かねた二人《ふたり》の母親《ははおや》が、子《こ》どもたちをかりたてて、ハロウィンの行列《ぎょうれつ》を始《はじ》めさせようとしました。けれども、きめられたとおりのことをするよりは、すきかってに走《はし》りまわるほうがいいという子《こ》は、いつでもいるものです。このときばかりは、ラモーナは、その子《こ》たちのなかまに入《はい》りませんでした。

本校舎《ほんこうしゃ》の大《おお》きな運動場《うんどうじょう》では、だれかがかけた行進曲《こうしんきょく》のレコードが、拡声器《かくせいき》を通《とお》して聞《き》こえてきました。保育園《ほいくえん》に通《かよ》っていたときから、ラモーナがたのしみにしていたハロウィンの行列《ぎょうれつ》がいよいよ始《はじ》まろうとしていました。

「さあ、行《い》きましょう、みなさん」と、ビネー先生《せんせい》はいいました。そして、ラモーナが、一人《ひとり》ぽつんと立《た》っているのを見《み》て、

「さ、いらっしゃい、ラモーナ」と、声《こえ》をかけてくれました。

ビネー先生《せんせい》が、自分《じぶん》の名《な》をよんでくれたこと、自分《じぶん》のほうをじっと見《み》て、「ラモーナ」といってくれたことは、ラモーナに、この上《うえ》ない安心感《あんしんかん》をあたえてくれました。ラモーナは、すぐにもとんでいって、みんなといっしょに、音楽《おんがく》にあわせて歩《ある》きたい、と思《おも》いました。けれども、みんなのところへは行《い》こうとせず、じっと立《た》っていました。

「ラモーナ、早《はや》くお面《めん》つけて、列《れつ》に入《はい》りなさい」と、ビネー先生《せんせい》は、ゆうれいや宿《やど》なしを、列《れつ》に入《い》れながらいいました。

ラモーナは、先生《せんせい》のいうとおりにしたいと思《おも》いました。でも、このこわいお面《めん》をつけると、また自分《じぶん》が消《き》えてしまうのではないかと思《おも》うと、心配《しんぱい》で、どうしても、お面《めん》をつける気《き》にはなれませんでした。モールのひげをつけたハーウィをのぞいて、一人《ひとり》

のこらずお面《めん》をつけた子《こ》どもたちは、さっきまでほどちらばってはいませんでした。みんな、早《はや》く行列《ぎょうれつ》を始《はじ》めたくて、うずうずしていました。今《いま》すぐなんとかしないと、ラモーナは、おいていかれてしまいます。そんなことになっていいものでしょうか。あれほど長《なが》い間《あいだ》、ハロウィンの行列《ぎょうれつ》に入《はい》るのを待《ま》っていたのに――。

この瞬間《しゅんかん》、ラモーナは決心《けっしん》しました。ラモーナは、教室《きょうしつ》にとびこみ、自分《じぶん》の戸《と》だなまで走《はし》っていくと、箱《はこ》の中《なか》からクレヨンをつかみだしました。それから、備品《びひん》入《い》れの戸《と》だなに行《い》って、画用紙《がようし》を一まいひっぱりだしました。外《そと》では、午前組《ごぜんぐみ》の子《こ》も、午後《ごご》組《ぐみ》の子《こ》も、幼稚園《ようちえん》の子《こ》は、そろって本校《ほんこう》の運動場《うんどうじょう》に向《む》かって歩《ある》きだす音《おと》がしました。きれいな字《じ》を書《か》こうなんて考《かんが》えるひまもありませんでした。でも、そんなことはどっちでもかまいません。今《いま》は、ビネー先生《せんせい》の監督《かんとく》のもとに、お勉強《べんきょう》をしているのではないのですから。ラモーナは、大急《おおいそ》ぎで、自分《じぶん》の名《な》を書《か》きました。そのあと、さっとクレヨンを走《はし》らせて、耳《みみ》もひげも全部《ぜんぶ》そろった名字《みょうじ》の頭文字《かしらもじ》を書《か》かずにはいられません

RAMONA Q

でした。

さあ、こうしておけば、だれだって、だれがラモーナかちゃんとわかります！　ラモーナは、ラモーナ・クインビー、世界《せかい》じゅうでただ一人《ひとり》、頭文字《かしらもじ》に耳《みみ》とひげのある女《おんな》の子《こ》なのです。ラモーナは、ゴムのお面《めん》をかぶりました。そして、その上《うえ》から、とんがり帽子《ぼうし》をかぶり、あごにゴムひもをかけました。それから、急《いそ》いでみんなのところへ走《はし》っていき、みんなが、ちょうど大運動場《だいうんどうじょう》に入《はい》るところで追《お》いつきました。列《れつ》のおしまいになって、まだやぶれたしっぽをぶらさげている、ゆううつなハーウィとならんで歩《ある》かなければならないことも、今《いま》はもう気《き》になりませんでした。

大運動場《だいうんどうじょう》の中《なか》を、幼稚園《ようちえん》の生徒《せいと》たちは、輪《わ》をつくりながら行進《こうしん》しました。そのあとから一年生《ねんせい》、二年生《ねんせい》、と順番《じゅんばん》に、全部《ぜんぶ》の学年《がくねん》がつづきました。おかあさんと、ちいちゃい妹《いもうと》や弟《おとうと》たちの見《み》ている前《まえ》を歩《ある》く……ラモーナは、自分《じぶん》が、とても大《おお》きくなった気《き》がしました。去年《きょねん》は、ベンチにすわって、おねえさんのビーザスの行進《こうしん》するのをながめ、ドーナツのあまりがあればいいなあと思《おも》う小《ちい》さい子《こ》だったのに——。

「やあ、やあ！　あたしは、世界大悪《せかいだいあく》の魔女《まじょ》だぞう！」と、ラモーナは、うたうようにくりかえしました。

そして、みんなに見《み》えるように、自分《じぶん》の名《な》まえを高《たか》くさしあげてみせました。それから、どんどん歩《ある》いていって、おかあさんのいるところまで来《き》ました。おかあさんはベンチにすわっていました。そして、ラモーナを見《み》ると、ケムプさんのおばさんにラモーナのいるところを指《ゆび》でさして教《おし》えながら、ラモーナに向《む》かって手《て》をふりました。ラモーナは、ゴムくさいお面《めん》の下《した》で、にっこりわらいました。おかあさん、あたしのこと、ちゃーんとわかってくれた！

かわいそうに、ベビーカーの中《なか》のウィラジーンは、まだ字《じ》が読《よ》めません。そこで、ラモーナは、ウィラジーンに向《む》かってさけびました。

「あたしよ、ウィラジーン。ラモーナよ。世界大悪《せかいだいあく》の魔女《まじょ》よ！」

ウサギのお面《めん》をつけたウィラジーンにも、それがわかったようでした。ウィラジーンは、わらって、ベビーカーの前《まえ》の台《だい》のところを、タンタンと手《て》でたたきました。

ヘンリーの犬《いぬ》アバラーが、行列《ぎょうれつ》を監《かん》

督《とく》するように、トコトコ歩《ある》きながらついてきました。

「やあーい！　アバラー！　つかまえるぞう！」ラモーナは、アバラーの横《よこ》を通《とお》るとき、おどかしました。

アバラーは、短《みじか》く、ワンとほえました。

ラモーナは、アバラーは、たしかに自分《じぶん》のことがわかったにちがいない、と思《おも》いました。そして、どんどん歩《ある》いて、自分《じぶん》のドーナツとリンゴジュースをもらいにいきました。

7

ものごとがうまくいかない日《ひ》

この日《ひ》は、ラモーナの前途《ぜんと》を約束《やくそく》するような二《ふた》つのことによって始《はじ》まりました。それは、二《ふた》つとも、ラモーナが、大《おお》きくなりつつあるということをしめしていました。

その第《だい》一は、歯《は》が一本《ぽん》、ぐらぐらしだしたということでした。じっさい、それは、ほんとにぐらぐらで、舌《した》でちょっとおしただけで、ひょいひょいと動《うご》きました。たぶん、これは、幼稚園《ようちえん》の午前組《ごぜんぐみ》の子《こ》のなかで、いちばんぐらぐらの歯《は》ではないでしょうか。ということは、歯《は》の妖精《ようせい》が、近《ちか》いうちに、いよいよラモーナのところにやってくるということです。

ラモーナは、歯《は》の妖精《ようせい》が、ほんとにいるのかどうか、あやしいと思《おも》っていました。だって、これまで、ビーザスが、歯《は》のぬけたあと、朝《あさ》になってまくらの下《した》をさがして、「パパ、あたしの歯《は》、まだここにあるわ。歯《は》の妖精《ようせい》、来《く》るのわすれてるわ！」といったことが何度《なんど》かあったからです。

「おかしいねえ」と、おとうさんはいいます。「おまえ、よく見《み》たかい？」

「ぜったいよ。すみからすみまで見《み》たもん。けど、十セント*玉《だま》どこにもないわ。」

「どれどれ、おとうさんが見《み》てやろう。」

おとうさんは、きまってそういいます。そして、どういうわけか、おとうさんは、ビーザスがあれほどさがしても見《み》つけられなかった十セント玉《だま》を見《み》つけるのです。

いよいよ、ラモーナにも、その順番《じゅんばん》がくるのです。ラモーナは、寝《ね》たふりをして夜《よる》じゅうずっと起《お》きていて、歯《は》の妖精《ようせい》というのが、ほんとうはおとうさんだということをつきとめてやろうと思《おも》いました。

歯《は》がぐらぐらになったというだけでなく、ラモーナに自分《じぶん》が大《おお》きくなったということを自覚《じかく》させることが、もう一《ひと》つありました。それは、一人《ひとり》で、幼稚園《ようちえん》まで歩《ある》いていくことになったということです。とうとう！　ちょうど、その日《ひ》、ハーウィは、かぜで学校《がっこう》を休《やす》んでいました。そして、おかあさんは、ビーザスを車《くるま》で歯医者《はいしゃ》さんにつれていかなければならないので、朝早《あさはや》く町《まち》まで出《で》かけることになっていました。

「ねえ、いいこと、ラモーナ。」おかあさんは、コートを着《き》ながらいいました。「もうしばらく、おうちに一人《ひとり》でちゃんとしていて、それから出《で》かけるのよ。いいわね。おまえ、ほんとにおりこうにしていられる？」

「だいじょうぶだってば、ママ」と、ラモーナはこたえました。ラモーナは、いつだって自分《じぶん》はおりこうにしているつもりでした。

＊セント……アメリカのお金《かね》の単位《たんい》。一ドルは一〇〇セント。

「ちゃんと時計《とけい》見《み》てるのよ。そして、きっちり八時《じ》*クォーターすぎになったら出《で》かけるのよ」と、おかあさんはいいました。

「はい、ママ。」

「道《みち》をわたるときは、右左《みぎひだり》をよく見《み》るのよ。」

「はい、ママ。」

おかあさんは、ラモーナに、さよならのキスをしました。

「それから、出《で》るとき、ちゃんとドアをしめてね。」

「はい、ママ。」

ラモーナは、もうちょっとで、「うるさいなあ」といいたいのをがまんして、そうこたえました。おかあさんは、なんだってこんなに気《き》をもむのでしょう。

おかあさんとビーザスが出《で》かけてしまうと、ラモーナは、台所《だいどころ》のテーブルの前《まえ》にすわって、歯《は》をぐりぐり動《うご》かしながら、じっと時計《とけい》を見《み》つめました。短《みじか》い針《はり》は、八のところにあり、長《なが》い針《はり》は、一のところでした。ラモーナは、指《ゆび》で歯《は》を動《うご》かしてみました。それから、今度《こんど》は、舌《した》で動《うご》かしました。前《まえ》、後《うし》ろ、前《まえ》、後《うし》ろ。長《なが》い針《はり》が、いつの間《ま》にか二のところまで進《すす》んでいました。ラモーナは、ぐらぐらの歯《は》を指《ゆび》ではさみました。おかあさんが帰《かえ》ってくるまでに、歯《は》をぬいておいて、びっくりさせてやりたいという気《き》がしましたが、でも、じっさい、歯《は》をぬくのは、とてもこわくてできませんでした。そこで、また、ぐりぐりぐりぐりぐり舌《した》で動《うご》かすことにしました。

長《なが》い針《はり》は、ゆっくりと三のところに進《すす》みました。八時《じ》十五分《ふん》です。それでも、ラモーナは、いすにすわって、約束《やくそく》どおり、おりこうにして、歯《は》をぐらぐらさせていました。長《なが》い針《はり》は少《すこ》しずつ、四に近《ちか》づいていました。長《なが》い針《はり》が五のところにきたら、学校《がっこう》に行《い》く時間《じかん》の八時《じ》クォーターすぎなのです。クォーターは、お金《かね》で二十五セントのことです。だから、八時《じ》クォーターすぎは、八時《じ》二十五分《ふん》すぎということです。ラモーナは、自分一人《じぶんひとり》でそのように計算《けいさん》したのでした。

＊クォーター……クォーターとは四分《ぶん》の一のこと。一時間《じかん》の四分《ぶん》の一で、つまり十五分《ふん》。お金《かね》の場合《ばあい》は一ドルの四分《ぶん》の一で、つまり二十五セント。

とうとう、長《なが》い針《はり》が五のところまできました。ラモーナは、いすからすべりおり、バタンと音《おと》をたててドアをしめてから、一人《ひとり》で学校《がっこう》へ出《で》かけました。ここまでは、まずよしと。けれども、歩道《ほどう》に出《で》るなり、ラモーナは、どうもようすがおかしいと感《かん》じました。それは表《おもて》へ出《で》た瞬間《しゅんかん》にわかりました。あたりが、しずかすぎるのです。学校《がっこう》へ行《い》く子《こ》は、一人《ひとり》もいません。ラモーナは、どうしていいかわからなくなって、足《あし》を止《と》めました。あたし、かんちがいしているのかもしれない。もしかしたら、きょうは、ほんとは土曜日《どようび》なのかもしれない。もしかしたら、おかあさん、カレンダー見《み》るのわすれたんだ……。

いいえ、きょうが土曜日《どようび》だなんて、そんなはずはありません。だって、きのうは、日曜日《にちようび》だったのですから。それに、向《む》こうから、ヘンリー・ハギンズの犬《いぬ》のアバラーが、トコトコこっちへやってきます。アバラーは、ヘンリーを学校《がっこう》へ送《おく》っていった帰《かえ》りなのです。きょうが、学校《がっこう》に行《い》く日《ひ》だということは、まちがいありません。だって、アバラーは、毎朝《まいあさ》、ヘンリーを学校《がっこう》に送《おく》っていくのです。もしかしたら、時計《とけい》がまちがっていたのかもしれません。どうしよう？　ラモーナは、すっかりのぼせてしまって、むちゅうで走《はし》りだしました。幼稚園《ようちえん》におくれたら、ビネー先生《せんせい》はなんとおっしゃるでしょう。急《いそ》いではいたものの、ラモーナは、道《みち》をわたるときだけは、スピードを落《お》として、右左《みぎひだり》を見《み》、ちゃんと歩《ある》いてわたりました。けれども、学校《がっこう》の前《まえ》の、いつもヘンリーが交通当番《こうつうとうばん》をしている交差点《こうさてん》まで来《き》てみると、ヘンリーは、そこにはいませんでした。交通係《こうつうがかり》は、もうひきあげたあとなのでしょう。時刻《じこく》は、ラモーナが思《おも》っているより、もっとおそいようでした。ラモーナは、幼稚園《ようちえん》の運動場《うんどうじょう》をつっきって走《はし》りました。けれども、そこで、足《あし》が止《と》まりました。教室《きょうしつ》のドアがしまっているのです。ビネー先生《せんせい》は、ラモーナをほうっておいて、勉強《べんきょう》を始《はじ》めたにちがいありません。

ラモーナは、息《いき》を整《ととの》えようと、ほんのしばらく、ハァハァいいながら立《た》っていました。もちろん、ビネー先生《せんせい》が、ちこくしたラモーナを待《ま》っていてくれるとは、期待《きたい》で

きませんでした。それにしても、先生《せんせい》が、ラモーナが来《こ》ないのをとてもさびしがって、みんなに、

「ねえ、みなさん、ラモーナが来《く》るまで待《ま》ちましょう。ラモーナがいなければ、幼稚《ようち》園《えん》は、ちっともおもしろくないんですもの」といってくれたら、どんなによかったかと思《おも》わずにはいられませんでした。

ハァハァいうのが少《すこ》しおさまると、ラモーナは、決心《けっしん》してドアをたたき、ドア当番《とうばん》の人《ひと》が、ドアをあけてくれるのを待《ま》ちました。たまたま、その日《ひ》のドア当番《とうばん》にあたっていたのは、スーザンでした。スーザンは、ドアをあけるなり、とがめるような口調《くちょう》で、

「あなた、ちこくよ」と、いいました。

「いいのよ、スーザン。」教室《きょうしつ》の前《まえ》に、上《うえ》に大《おお》きくT《ティー》の字《じ》の書《か》いてある茶色《ちゃいろ》の紙《かみ》ぶくろを持《も》って立《た》っていたビネー先生《せんせい》がいいました。「ラモーナ、どうしたの?」

「わかりません。」そういうほかありませんでした。「ちゃんと、おかあさんがいったとおり、八時《じ》クォーターすぎにうちを出《で》たんです。」

ビネー先生《せんせい》は、にっこりしました。そして、

「今度《こんど》から、もっと速《はや》く歩《ある》きましょうね」といい、それから、さっきの話《はなし》にもどって、

「さあこのT《ティー》と書《か》かれたふくろの中《なか》に、何《なに》が入《はい》っているか、あててごらんなさい。さっきもいったでしょう。T《ティー》で始《はじ》まるものですよ。T《ティー》ってどんな音《おと》か知《し》ってますか？」

「トゥッ、トゥッ、トゥッ、トゥッ、トゥッ」と、子《こ》どもたちは、舌《した》を鳴《な》らしてT《ティー》の音《おと》を出《だ》しました。

「そう、よくできました。デービイ、あなた、ふくろの中《なか》に、何《なに》が入《はい》ってると思《おも》う？」

ビネー先生《せんせい》は、今《いま》、みんなに、字《じ》と音《おと》のことを教《おし》えているので、ことばの最初《さいしょ》の音《おと》に、力《ちから》を入《い》れるくせがついていました。

「TATERPILLARS《テタピラー》？」と、デービイは、期待《きたい》をこめていいました。デービイは、何《なに》

をいってもめったにあっていたことがありません。それでも、あきらめないで、くりかえしいうのでした。

「いいえ、デービイ。あなた、毛虫《けむし》のことといってるのね。あれは、テタピラーじゃなくてキャタピラー。キャタピラーはC《シー》で始《はじ》まるんです。C《シー》、C《シー》、C《シー》、C《シー》、C《シー》。このふくろの中《なか》に、T《ティー》で始《はじ》まるもので何《なに》が入《はい》ってるでしょう？　T《ティー》、T《ティー》、T《ティー》、T《ティー》、T《ティー》。」

デービイは、がっかりしました。毛虫《けむし》は、T《ティー》で始《はじ》まるものと思《おも》っていたのに……。

T《ティー》、T《ティー》、T《ティー》、T《ティー》、T《ティー》。みんなは、口《くち》の中《なか》でブツブツいいながら、T《ティー》のつくものを考《かんが》えました。

「TELEVISION《テレビジョン》?」と、だれかがいいました。テレビは、T《ティー》で始《はじ》まります。でも、ふくろの中《なか》には、入《はい》りません。

「T《ティー》、T《ティー》、T《ティー》、TADPOLES《タドポール》（オタマジャクシ）？」ちがいます。

「TEETER-TOTTER《ティーターートッター》（シーソー）？」それも、ちがう。ふくろの中《なか》に、シーソーが入《はい》るわけがありません。

T《ティー》、T《ティー》、T《ティー》、T《ティー》。ラモーナは、指《ゆび》で歯《は》を動《うご》かしながら、くりかえしました。

「TOOTH《トゥース》（歯《は》）？」と、ラモーナはいってみました。

「歯《は》は、T《ティー》で始《はじ》まるいいことばね、ラモーナ。でも、このふくろの中《なか》に入《はい》っているのは、歯《は》じゃないのよ」と、ビネー先生《せんせい》はいいました。

ラモーナは、先生《せんせい》が、歯《は》をいいことばだとほめてくれたのがうれしくて、まえより力《ちから》を入《い》れて、歯《は》をぐりぐりと動《うご》かしました。すると、とつぜん、歯《は》がポロッと手《て》の中《なか》に落《お》ちてきたのです。口《くち》の中《なか》には、なんともいえぬみょうな味《あじ》がひろがりました。ラモーナは、じっとその歯《は》をながめました。歯《は》の根《ね》のところには、血《ち》がついていました。

ラモーナは、ぎょっとし、手《て》をあげるのもわすれて、

「ビネー先生《せんせい》、あたしの歯《は》、ぬけちゃった！」と、さけびました。

へえーっ、歯《は》がぬけたんだって！

みんなが、ラモーナのまわりに集《あつ》まってきました。

「みなさん、お席《せき》についていて」と、ビネー先生《せんせい》はいいました。「ラモーナ、あなた、行《い》って、お口《くち》ゆすいでいらっしゃい。そのあとで、あなたの歯《は》を見《み》せてちょうだい。」

ラモーナは、いわれたとおりにしました。ラモーナが、みんなの前《まえ》に、歯《は》を高《たか》くあげて見《み》せると、ビネー先《せん》生《せい》は、

「トゥース、トゥッ、トゥッ、トゥ

ツ、トゥッ」と、いいました。

ラモーナは、くちびるをひっぱって、歯《は》のぬけたあとを見《み》せました。でも、ビネー先生《せんせい》は、なんにもいいませんでした。今《いま》は、T《ティー》の勉強《べんきょう》をしているときで、「穴《あな》」は、T《ティー》で始《はじ》まることばではないからです。

ビネー先生《せんせい》が、ふくろの中《なか》に入《い》れていたのは、けっきょく、TIGER《タイガー》（トラ）でした。もちろん、ぬいぐるみのです。

みんなが、すわってする勉強《べんきょう》にとりかかるまえ、ラモーナは、先生《せんせい》のところへ行《い》き、血《ち》のついた貴重《きちょう》な歯《は》をわたして、

「先生《せんせい》、これあずかっといてくれませんか?」と、たのみました。

せっかくの歯《は》をなくすといけないからです。歯《は》をなくすと、歯《は》の妖精《ようせい》は、来《き》てくれません。ラモーナは、自分《じぶん》のベッドのまわりに、おなべや、パイ皿《ざら》や、こわれたおもちゃなど、ひっかけたら大《おお》きな音《おと》のするものをつんでおこうと思《おも》っていました。そし

たら、歯《は》の妖精《ようせい》が、つまずいて、音《おと》をたて、ラモーナは、目《め》がさめるでしょう。

ビネー先生《せんせい》は、にっこりわらいながら、机《つくえ》のひきだしをあけました。

「あなたのはじめてぬけた歯《は》ですものね！　もちろん、ちゃんとしまっておいてあげますよ。あとで、おうちに持《も》ってかえって、歯《は》の妖精《ようせい》にあげられるようにね。えらかったわねえ。」

先生《せんせい》は、なんてよくラモーナの気持《きも》ちをわかってくれるんでしょう。それに、ちこくしたときも、ちっともおこりませんでした。そのうえ、今《いま》、自分《じぶん》のことをえらかったといってくれました。ラモーナの心《こころ》は、先生《せんせい》がすきだという気持《きも》ちでいっぱいになりました。

うれしくてたまらなかったので、その日《ひ》の午前中《ごぜんちゅう》は、またたく間《ま》にすぎてしまいました。その日《ひ》の勉強《べんきょう》は、いつになくおもしろいものでした。みんなは、むらさき色《いろ》のインクでコピーした紙《かみ》をわたされました。それは、いくつものますにしきられていて、一つ《ひと》一つ《ひと》のますの中《なか》に、三《みっ》つずつ、何《なに》かの絵《え》がかいてありました。一《ひと》つのますには、TOP《トップ》（こま）と、GIRL《ガール》（女《おんな》の子《こ》）と、TOE《トウ》（足《あし》の指《ゆび》）の絵《え》がありました。その場合《ばあい》は、こまと足《あし》の指《ゆび》に○をつけるのです。こまと足《あし》の指《ゆび》は、T《ティー》で始《はじ》まることばだからです。そして、女《おんな》の子《こ》はT《ティー》がつかないから×じるしをつけるのです。ラモーナは、○をつけたり、×をつけたりするのが、おもしろくてたまりませんでした。あんまりおもしろくて、お休《やす》み時間《じかん》がきたのが、残念《ざんねん》なくらいでした。

「あたしの歯《は》のぬけたあと見《み》せたげようか？」と、ラモーナは、T《ティー》の勉強《べんきょう》がすんで運動場《どうじょう》へ出《で》たとき、エリック・J《ジェイ》にいいました。そして、口《くち》をあけると、下《した》くちびるを、ぐっと下《した》にひっぱりました。

エリック・J《ジェイ》は、すっかり感心《かんしん》して、

「歯《は》のぬけたあと、血《ち》がいっぱいついてるよ」といいました。

歯《は》がぬける――ああ、なんたる光栄《こうえい》！

ラモーナは、スーザンのところへ走《はし》っていって、

「歯《は》ぬけたあと見《み》せたげようか？」と、いいました。

「いらないわ」と、スーザンはいいました。「あたし、あんたがちこくしてくれて、よかった。だって、ドア当番《とうばん》のはじめの日《ひ》から、ドアあけることできたもの。」

ラモーナは、スーザンが、自分《じぶん》の歯《は》のぬけたあとの血《ち》だらけの穴《あな》を見《み》たくないとことわったので、かんかんになりました。幼稚園《ようちえん》で、一人《ひとり》で歯《は》をぬいたえらい子《こ》は、ほかにだれもいません。ラモーナは、スーザンのまき毛《げ》を一《ひと》つつかみ、すーっとひっぱって、

「ボイーン！」といいながら、パッと手《て》をはなしました。でも、いたくないようによく気《き》をつけてやりました。

ラモーナは、ジャングルジムへ走《はし》っていき、そのまわりをひとまわりすると、また雲梯《うんてい》にのぼりかけていたスーザンのところにもどってきて、べつのまき毛《げ》をひっぱっ

て、

「ボイーン!」と、いいました。

「ラモーナ・クインビー!」と、スーザンはかなきり声《ごえ》をあげました。「毛《け》ひっぱるのやめてよ!」

ラモーナの心《こころ》は、歯《は》がぬけたほこらしさと、ビネー先生《せんせい》がすきだという気《き》持《も》ちとで、いっぱいでした。ビネー先《せん》生《せい》は、えらかったといってくれました! こんなすばらしい日《ひ》があるでしょうか。日《ひ》は、かがやき、空《そら》は青《あお》く、ビネー先生《せんせい》は、あたしをあいしてくれている。ラモーナは、両手《りょうて》を思《おも》いっきりひろげて、ジャングルジムのまわりをもうひとまわりしました。うれしさに足《あし》が宙《ちゅう》をとぶようでした。ラモーナは、さあーっとスーザンめがけて走《はし》りよると、まき毛《げ》をつかんで、

「ボイーイーン！」と、音《おと》をひきのばしながらいいました。

「ビネー先生《せんせい》！」スーザンは、今《いま》にも泣《な》きだしそうな声《こえ》でいいました。「ラモーナったら、わたしの毛《け》、ひっぱってばかりいるんです。ハロウィンのとき、わたしの毛《け》ひっぱった魔女《まじょ》も、ラモーナにきまってます！」

へん、つげ口屋《ぐちや》！ ラモーナは、スーザンを軽《けい》べつしました。ラモーナは、はずむ足《あし》で、またジャングルジムを一周《しゅう》しました。ラモーナに○、スーザンに×。

ラモーナが、ビュンビュン走《はし》っていると、ビネー先生《せんせい》が、

「ラモーナ。ちょっとここへいらっしゃい。先生《せんせい》、あなたに話《はな》したいことがあるの」

と、いいました。

ラモーナは、立《た》ちどまって、くるっと先生《せんせい》のほうに向《む》きなおり、なんですか？　というふうに、先生《せんせい》を見《み》ました。

「ラモーナ、あなた、スーザンのまき毛《げ》ひっぱるのおよしなさい」と、ビネー先生《せんせい》はいいました。

「はい、先生《せんせい》。」ラモーナは、そういって、スキップで雲梯《うんてい》のほうへとんでいきました。

ラモーナは、スーザンの髪《かみ》の毛《け》をひっぱるのをやめようと決心《けっしん》しました。ほんとうにそう決心《けっしん》したのです。けれども、残念《ざんねん》なことに、スーザンがそれに協力《きょうりょく》してくれませんでした。休《やす》み時間《じかん》が終《お》わって、みんなが教室《きょうしつ》に入《はい》ろうとしてならんでいたとき、スーザンはラモーナのほうを向《む》いて、

「あんたって、しょうがない子《こ》ね」と、いったのです。

何《なに》がラモーナをおこらせるといって、このことばほどラモーナをおこらせるものは

ありませんでした。ビーザスは、なにかというと、すぐラモーナのことを、しょうがない子《こ》といいます。ラモーナの近所《きんじょ》の、年上《としうえ》の子《こ》どもたちも、ラモーナのことをしょうがない子《こ》だといいます。でも、ラモーナは、自分《じぶん》のことを、しょうがない子《こ》だとは思《おも》っていませんでした。ラモーナのことを、しょうがない子《こ》だという人《ひと》たちは、年《とし》の小《ちい》さい子《こ》が、まわりの人《ひと》にみとめてもらうためには、ときとして、ほんの少《すこ》し人《ひと》よりうるさく、人《ひと》より意地《いじ》っぱりでいなければならないものだということを、わかってくれないのです。ラモーナは、年上《としうえ》の子《こ》どもから、しょうがない子《こ》よばわりされるのは、がまんしましたが、自分《じぶん》と同《おな》い年《どし》の子《こ》から、しょうがない子《こ》よばわりされるのは、がまんなりませんでした。

「あたし、しょうがない子《こ》じゃないわ。」ラモーナは、むっとしていいました。そして、しかえしにスーザンのまき毛《げ》をつかんで、小《ちい》さい声《こえ》で、

「ボイーン！」と、いいました。

ところが、運《うん》のわるいときは運《うん》がわるいもので、ビネー先生《せんせい》が、それを見《み》ていました。

「ラモーナ、ちょっといらっしゃい」と、ビネー先生《せんせい》はいいました。

ラモーナは、今度《こんど》ばかりはビネー先生《せんせい》も、自分《じぶん》のしたことをわかってくれないのではないかという、おそろしい予感《よかん》がしました。

「ラモーナ、先生《せんせい》はがっかりしました。」ビネー先生《せんせい》の声《こえ》は、まじめでした。

ラモーナは、先生《せんせい》が、こんなきびしい顔《かお》をしているのを見《み》たことがありませんでした。

「スーザンが、あたしのこと、しょうがない子《こ》だっていったんです」と、ラモーナは、小《ちい》さな声《こえ》でいいました。

「だからといって、髪《かみ》の毛《け》をひっぱってもいいってことにはなりません」と、ビネー先生《せんせい》はいいました。「先生《せんせい》、あなたに、スーザンの髪《かみ》の毛《け》をひっぱるのをやめなさいっていったでしょ。先生《せんせい》、本気《ほんき》ですよ。もし、あなたが、スーザンの髪《かみ》をひっぱるのがやめられないんなら、あなたには、おうちに帰《かえ》ってもらいます。そして、やめられるようになるまで、幼稚園《ようちえん》には来《こ》ないでもらいましょう。」

ラモーナは、どきっとしました。ビネー先生《せんせい》は、もう、あたしのことすきじゃないんだ……。クラスじゅうが、急《きゅう》にしーんとしました。ラモーナは、みんなの視線《しせん》をいたいほど身《み》に感《かん》じながら、だまって床《ゆか》を見《み》つめていました。

「もう、これから、スーザンの髪《かみ》ひっぱらないって、お約束《やくそく》できますか？」と、ビネー先生《せんせい》はいいました。

ラモーナは、考《かんが》えました。ほんとうに、スーザンの髪《かみ》をひっぱるのをやめることができるでしょうか？　ラモーナは、あの、ひとりでに手《て》を出《だ》してさわってみずにはいられないような、ふさふさした、よくゆれるまき毛《げ》のことを考《かんが》えました。それから、いつもいつも、えらそうにふるまうスーザンのことを考《かんが》えました。幼稚園《ようちえん》では、えらそうにふるまうことくらい、わるいことはありません。子《こ》どもの目《め》から見《み》れば、えらそうにふるまうことのほうが、どうしようもない子《こ》であるより、もっといけないことなのです。ラモーナは、とうとう目《め》をあげて、ビネー先生《せんせい》を見《み》つめ、正直《しょうじき》にこたえました。

「いいえ、できません。」

ビネー先生《せんせい》は、ちょっとびっくりしたようでした。

「そう。じゃ、よろしい。おうちに帰《かえ》って、もうスーザンの髪《かみ》の毛《け》をひっぱらないと決心《けっしん》がつくまで、おうちにいなさい。」

「今《いま》すぐ?」と、ラモーナは小《ちい》さな声《こえ》でききました。

「幼稚園《ようちえん》が終《お》わるまで、外《そと》のベンチにすわってなさい」と、ビネー先生《せんせい》はいいました。「先生《せんせい》だってこんなことはいいたくないけど、でも、髪《かみ》をひっぱる子《こ》は、幼稚園《ようちえん》にいてもらうわけにはいかないの。」

ラモーナが回《まわ》れ右《みぎ》をして教室《きょうしつ》から出《で》、外《そと》のベンチにこしをおろす間《あいだ》、だれも何《なに》もいいませんでした。

となりのうちにいる小《ちい》さな子《こ》が、さくごしに、ラモーナをじっと見《み》ました。道《みち》の向《む》こうでは、工事現場《こうじげんば》ではたらいている人《ひと》が、おもしろそうにラモーナを見《み》ていました。ラモーナは、大《おお》きく肩《かた》をふるわせて、ため息《いき》をつきました。しかし、どうにかこうにか涙《なみだ》だけはこらえました。人《ひと》の見《み》ている前《まえ》で、あかんぼうのようなまねはできません。できるものですか。

「あの子《こ》、またわるいことしたんだよ。」となりの家《いえ》の四《よっ》つになる子《こ》が、妹《いもうと》にそういっているのが聞《き》こえました。

ベルが鳴《な》り、ビネー先生《せんせい》はドアをあけて、みんなを送《おく》りだしました。先生《せんせい》は、ラモーナに、

「もうスーザンの髪《かみ》の毛《け》をひっぱらないって決心《けっしん》して、早《はや》く幼稚園《ようちえん》に帰《かえ》ってきてちょうだいね」と、いいました。

ラモーナは、返事《へんじ》をしませんでした。そして、さっきとはうってかわった重《おも》い足《あし》どりで、のろのろとうちに帰《かえ》りました。ビネー先生《せんせい》にきらわれてしまった以上《いじょう》、もう幼《よう》稚園《ちえん》にはもどれません。もう、「見《み》せましょう、話《はな》しましょう」をすることもなければ、「はい色《いろ》アヒル」をして遊《あそ》ぶこともないのです。ビネー先生《せんせい》が、収《しゅう》かく感謝祭《かんしゃさい》*のために、教《おし》えてくれることになっていた、紙《かみ》の七面鳥《しちめんちょう》もつくれません。ラモーナは、鼻《はな》をすすり、セーターのそでで、目《め》をこすりました。幼稚園《ようちえん》があんなにすきだったのに。でも、今《いま》は何《なに》もかもおしまいです。ラモーナは、✕。

家《いえ》まであと半分《はんぶん》というところまで来《き》たところで、ラモーナは、やっと、あの貴重《きちょう》な歯《は》を、ビネー先生《せんせい》の机《つくえ》のひきだしにおいたまま来《き》たことに気《き》がつきました。


*収《しゅう》かく感謝祭《かんしゃさい》……十一月《がつ》の第《だい》四木曜日《もくようび》、神《かみ》に農作物《のうさくもつ》の収《しゅう》かくのめぐみを感謝《かんしゃ》する祝日《しゅくじつ》。

8

幼稚園中退《ようちえんちゅうたい》

「どうしたの、ラモーナ。いったい何《なに》があったの?」

台所《だいどころ》のドアをあけて入《はい》ってきたラモーナを見《み》て、おかあさんはききました。

「べつに……なんにも。」

歯《は》のぬけたあとをかくすのに苦労《くろう》はいりませんでした。わらう気《き》になど、なれなかったからです。それに、歯《は》の妖精《ようせい》にわたす歯《は》がないことなんか、この場合《ばあい》、たいした問題《もんだい》ではありませんでした。

おかあさんは、ラモーナのひたいに手《て》をあててみました。

「おまえ、気分《きぶん》がわるいんじゃないの？」

「ううん。なんともない」と、ラモーナはこたえました。それは、足《あし》がおれたとか、ひざがすりむけたとか、のどがいたいとか、そういうことはない、という意味《いみ》でした。

「じゃ、何《なに》かあったんでしょう。顔《かお》見《み》ればわかりますよ」と、おかあさんはいいました。

ラモーナは、ため息《いき》をつきました。そして、思《おも》いきって、

「ビネー先生《せんせい》、もう、あたしのことすきじゃないって」と、いいました。

「そんなばかかな。そんなことありませんよ」と、おかあさんはいいました。「そりゃ、おまえのすることのなかには、先生《せんせい》のお気《き》にめさないこともあるかもしれないけど、

でも、きらいになるなんて、そんなことありませんよ。」
「だって、そうだもん」と、ラモーナはいいはりました。「もう幼稚園《ようちえん》に来《こ》なくてい
いって、そういったもん。」
ラモーナは、休《やす》み時間《じかん》のことや、これから習《なら》う勉強《べんきょう》——自分《じぶん》は習《なら》えない——のこと
を考《かんが》えると、悲《かな》しくなりました。
「来《こ》なくていいって、それどういうこと？」おかあさんは、わけがわからないようで
した。「ビネー先生《せんせい》が、そんなことおっしゃるわけがないじゃありませんか。」
「だって、そうなんだもん。」ラモーナは、がんばりました。「もう来《き》ちゃいけません
っていったもん。」
「どうしてそんなことを？」
「あたしのこと、きらいになったから」というのが、ラモーナのこたえでした。
おかあさんは、やりきれないというふうにいいました。

「それじゃ、何《なに》かあったんでしょう。こうなったら、学校《がっこう》へ行《い》って、きいてきましょう。それ以外《いがい》に、どうしようもないわ。さ、ごはん食《た》べてしまいなさい。すぐ学校《がっこう》へ行《い》って、午後組《ごごぐみ》の人《ひと》たちが来《く》るまえに、先生《せんせい》にお話《はなし》をうかがってきましょう。」

ラモーナが、ちょっとばかりサンドイッチに手《て》をつけたあと、おかあさんは、せきたてるようにいいました。

「ラモーナ、早《はや》くセーターを着《き》なさい。いっしょに行《い》くんだから。」

「いや、あたし行《い》かない」と、ラモーナはいいました。

「いやじゃありません。行《い》くんですよ、おじょうさん」と、おかあさんは、ラモーナの手《て》をとっていいました。

ラモーナは、何《なに》ごとであれ、おかあさんが自分《じぶん》のことをおじょうさんとよびはじめたら、のがれるすべはないと知《し》っていました。学校《がっこう》まで、ラモーナは、できるだけ足《あし》をひきずってついていきました。

学校《がっこう》につくと、幼稚園《ようちえん》の午後組《ごごぐみ》が、午前組《ごぜんぐみ》と同《おな》じようにふるまっていました。組《くみ》の半分《はんぶん》は、ドアのところに一列《れつ》にならんで、ビネー先生《せんせい》の来《く》るのを待《ま》っていて、のこりの半分《はんぶん》は、運動場《うんどうじょう》を走《はし》りまわっていました。ラモーナは、だれとも顔《かお》をあわせたくなかったので、じっと地面《じめん》を見《み》ていました。ビネー先生《せんせい》がやってきたとき、おかあさんは、ほんのしばらくお話《はな》ししたいといいました。

ラモーナは、顔《かお》をあげませんでした。おかあさんは、ラモーナを教室《きょうしつ》のドアのわきのベンチのところまでひっぱっていき、

「おかあさん、先生《せんせい》とちょっとお話《はな》ししてきますからね。その間《あいだ》、動《うご》くんじゃありませんよ」と、いいました。

ラモーナはベンチにすわって、足《あし》をぶらんぶらんさせながら、ビネー先生《せんせい》の机《つくえ》のひきだしにのこしてきた歯《は》のことを考《かんが》えたり、おかあさんと先生《せんせい》は、何《なに》を話《はな》しているのだろうと考《かんが》えたりしました。とうとう、ラモーナは、がまんできなくなって、ベンチ

からすべりおり、先生《せんせい》とおかあさんに見《み》つからないように、ぴったりドアにからだをよせて、聞《き》き耳《みみ》をたてました。

午後組《ごごぐみ》の生徒《せいと》たちや、道《みち》の向《む》こうの工事《こうじ》の人《ひと》たちのたてる音《おと》がやかましくて、二人《ふたり》のいっていることは、ところどころしか聞《き》きとれませんでした。「そうめいで、空想力《くうそうりょく》があって……」とか、「同年齢《どうねんれい》の子《こ》どもと協調《きょうちょう》してやっていく能力《のうりょく》」とか、「注意《ちゅうい》をひきたいという欲望《よくぼう》が否定的《ひていてき》な形《かたち》であらわれて」とかいうことばが、耳《みみ》にとまりました。

ラモーナは、びっくりして、おそろしくなりました。こんな耳《みみ》なれない、むずかしいことばで、話《はな》しているからには、先生《せんせい》は、自分《じぶん》のことを、よっぽどいけない子《こ》だと思《おも》っているにちがいありません。しばらくして、やっとおかあさんが、ドアのほうへ歩《ある》いてくる音《おと》がしたので、ラモーナはあわててベンチににげかえりました。

「先生《せんせい》、なんていった?」ラモーナは、待《ま》ちかねたようにききました。それを聞《き》くまでじっとしていられない気持《きも》ちでした。

おかあさんは、むずかしい顔《かお》をしていいました。

「あなたが、その気《き》になったら、いつからでもまたいらっしゃい、待《ま》ってますよって。」

「じゃ、あたし、もう行《い》かない」と、ラモーナは宣言《せんげん》しました。

先生《せんせい》が自分《じぶん》のことをすきになってくれないかぎり、どんなことがあっても、幼稚園《ようちえん》には帰《かえ》りません。帰《かえ》るもんですか。

「いいえ、行《い》きます。」おかあさんの声《こえ》は、くたびれた感《かん》じでした。

行《い》くものか、とラモーナは思《おも》いました。


このようにして、クインビー家《け》にとって、困難《こんなん》なときが始《はじ》まりました。

「けど、ラモーナ。あなた幼稚園《ようちえん》に行《い》かないでどうするのよ。」その日《ひ》の午後《ごご》、学校《がっこう》から帰《かえ》ってきたビーザスは、腹《はら》をたててさけびました。「幼稚園《ようちえん》に行《い》かない人《ひと》なんて、一人《ひとり》もないわよ。」

「あたしは行《い》かない」と、ラモーナはいいました。「今《いま》までは行《い》ったけど、これからは行《い》かないわ。」

おとうさんが会社《かいしゃ》から帰《かえ》ってきたとき、おかあさんは、おとうさんをわきへつれていって、ひそひそ声《ごえ》で何《なに》かいいました。ラモーナは、けっしてごまかされませんでした。二人《ふたり》が、なんの話《はなし》をしているのか、ちゃーんと知《し》っていました。

「どうだい、ラモーナ。きょう学校《がっこう》であったことを、ぜーんぶおとうさんに話《はな》してくれないか？」と、おとうさんが、わざと明《あか》るいきげんのいい声《こえ》でいいました。子《こ》どもたちがいいたがらないことを、なんとかしていわせようとするとき、よくおとなの使《つか》うわざとらしい調子《ちょうし》のよさです。

ラモーナは、すぐにもおとうさんのところへ走《はし》っていって、歯《は》のぬけた穴《あな》を見《み》せたいと思《おも》いました。でも、その思《おも》いをぐっとこらえて、ちょっとの間《ま》考《かんが》えてからいいました。

「ビネー先生《せんせい》が、ふくろの中《なか》に、T《ティー》で始《はじ》まるもの入《い》れて、みんなに何《なに》かあててごらんっていったの。そいで、デービイが、『テタピラー』っていったの。」

「それから、ほかに何《なに》があったんだい？」おとうさんは、長期戦《ちょうきせん》のかくごをきめたらしく、しんぼう強《づよ》くききました。

ラモーナは、自分《じぶん》の歯《は》のことを、おとうさんに話《はな》す気《き》はありませんでした。スーザンの髪《かみ》の毛《け》をひっぱったことも、いう気《き》はありませんでした。となると、もうほかに、話《はな》すことはあまりのこっていませんでした。そこで、長《なが》いことだまっていてから、ぽつんと、

「T《ティー》の字《じ》習《なら》った」とだけいいました。

おとうさんは、じーっとラモーナの顔《かお》を見《み》ました。でも、何《なに》もいいませんでした。

晩《ばん》ごはんのあと、ビーザスは、メリージェインと電話《でんわ》でおしゃべりを始《はじ》めました。

ラモーナは、ビーザスが、

「ねえ、ちょっと聞《き》いてよ。ラモーナったら、幼稚園中退《ようちえんちゅうたい》したのよ！」といっているのを聞《き》きました。

ビーザスは、それが、何《なに》かおもしろいことでもあるかのように、電話口《でんわぐち》でクスクスわらっていました。何《なに》がおかしいのでしょう。ちっともおかしいことなんかないのに……。

そのあと、ビーザスは、すわって本《ほん》を読《よ》みはじめ、ラモーナは、紙《かみ》とクレヨンを出《だ》してきました。

「ビーザス、あなた、そこは、本読《ほんよ》むには暗《くら》すぎるわ」と、おかあさんがいいました。そして、いつものように、「目《め》は、とりかえがきかないのよ」と、つけくわえました。

今《いま》こそ、ラモーナが幼稚園《ようちえん》でしいれてきた新知識《しんちしき》をひろうするよい機会《きかい》です。

「『あかつきのほ』をつければいいじゃない。」ラモーナは、とくいになって、この新《あたら》しいことばを口《くち》にしました。

ビーザスは、読《よ》んでいた本《ほん》から目《め》をあげました。

「なんの話《はなし》？　『あかつきのほ』ってなあに？」と、ビーザスはききました。

ラモーナは、ばかにしたようにいいました。

「へえー、知《し》らないの。『あかつきのほ』くらい、だれだって知《し》ってるわ。」

「おとうさんは、知《し》らんよ。」夕刊《ゆうかん》を読《よ》んでいたおとうさんがいいました。「『あかつきのほ』ってなんだい？」

「電気《でんき》スタンドよ。それつけると、じろき光《ひかり》がつくの。幼稚園《ようちえん》で毎朝《まいあさ》、その歌《うた》うたうんだよ」と、ラモーナはいいました。

一瞬《いっしゅん》、みんな考《かんが》えこんで、口《くち》をつぐみました。が、とつぜん、ビーザスが、けたたましくわらいだしました。

「ラモーナったら――ラモーナったら。」ビーザスは、息《いき》をきらしきらしいいました。

「せ、星条旗《せいじょうき》よ、のことといってるのよ。」

ビーザスは、大《おお》わらいが少《すこ》しおさまったあと、まだクスクスわらいつづけながら、いいました。

「国歌《こっか》のことといっててんのよ。あかつきの、ほのじろき光《ひかり》に、って。」

ビーザスは、一語《ご》一語《ご》を、わざとゆっくり、はっきりくぎって発音《はつおん》しました。それから、また、わっとわらいくずれました。

ラモーナは、おとうさんとおかあさんを見《み》ました。二人《ふたり》は、口《くち》こそ一文字《いちもんじ》にむすんでいましたが、目《め》でわらっていました。おとなたちが、わらいをこらえるときに、よくやる顔《かお》です。

ビーザスのいうとおりなのです。ラモーナはまちがっていました。ラモーナは、ちょっとの間《あいだ》、幼稚園《ようちえん》へ通《かよ》っただけの、まだほんのねんねで、へまばっかりやるみんなのわらいものなのです。ばかで、まぬけな妹《いもうと》、うすのろで、まぬけの妹《いもうと》、何一《なにひと》つまともにできない子《こ》……。

とつぜん、朝《あさ》から今《いま》までのこと何《なに》もかもが、たえがたくなりました。ラモーナは、おそろしい目《め》つきでビーザスをひとにらみすると、空中《くうちゅう》に、手《て》で大《おお》きな✕じるしをかきながら、

「ビーザスを消《け》せ!」と、さけびました。

それから、クレヨンを床《ゆか》に投《な》げつけると、足《あし》をふみならし、ワァッと泣《な》きながら、おねえさんと二人《ふたり》で使《つか》っている寝室《しんしつ》へかけこみました。

「ラモーナ・クインビー!」おとうさんが、こわい声《こえ》でいいました。

もどってきて、クレヨンかたづけなさいっていうんだな、とラモーナは思《おも》いました。ふん、おとうさんが、そのつもりなら、そういえばいいさ。いくら命令《めいれい》されたって、ぜったい、かたづけてやらないから。だれが命令《めいれい》したって、かたづけてやるものか。だれだって。おとうさんだって、おかあさんだって。校長先生《こうちょうせんせい》だって。神《かみ》さまだって。

「いいから、ほうっておきなさい。」ラモーナは、おかあさんがそういっているのを

聞《き》きました。「かわいそうに、すっかり気《き》がたってるのよ。朝《あさ》から、いろんなことがあったんだから。」

同情《どうじょう》は、かえって気持《きも》ちをいらだたせます。

「気《き》なんかたってないよっ！」ラモーナは、ありったけの声《こえ》でわめきました。わめくと、気分《きぶん》がずっとよくなったので、ラモーナは、つづけてわめきました。「あたし、頭《あたま》になんかきてないよっ。それに、かわいそうじゃないっ。みんなで、あたしのことわらって、いじわる！」

ラモーナは、ベッドの上《うえ》に身《み》を投《な》げ、かかとで、ベッドカバーをけりました。でも、ベッドカバーやふとんをけるくらいでは、胸《むね》はおさまりません。もっと、ひどい、もっといけないことやらなくては……。

ラモーナは、できるだけわるいことをしてやりたいと思《おも》いました。うんとわるいことをしてやりたいと思《おも》いました。そこで、からだの向《む》きをかえると、かかとでかべをけりました。バン！　バン！　バン！　これだけやかましい音《おと》をたてたら、みんな、まちがいなくかんかんになるでしょう……。

「いじわる、ばか、ばか、ばかっ！」

ラモーナは、足《あし》をけるのにあわせて、わめきました。うちじゅうの人《ひと》が、自分《じぶん》と同《おな》じくらい腹《はら》をたててほしかったのです。

「ばか、ばかばかばかっ！」

かべに、くつのあとがつきました。いい気味《きみ》だ、とラモーナは思《おも》いました。いい気味《きみ》、いい気味《きみ》、いい気味《きみ》！

「おかあさん、ラモーナったら、かべけってるのよ。」つげ口屋《ぐちや》のビーザスがいいました。まるで、おかあさんに、その音《おと》が聞《き》こえていないとでもいうように。「あのへや半分《はんぶん》はあたしのへやなのよ！」

へっ、いくらでもつげ口《ぐち》するがいいさ。つげ口《ぐち》してくれたほうがいい。自分《じぶん》が、ものすごくわるい子《こ》で、かべをけって、足《あし》あとをいっぱいつけたって、世界《せかい》じゅうの人《ひと》に知《し》らせてやるんだ……。

「ラモーナ、あなた、それもっとやりたいんなら、くつぬいでやりなさい。」

居間《いま》から、おかあさんの声《こえ》がしました。おかあさんの声《こえ》は、つかれていましたが、おだやかでした。

ラモーナは、もっとらんぼうにけりました。自分《じぶん》が、どんなにいけない子《こ》か、みんなに思《おも》いしらせてやるのです。くつなんかぬいでやるもんですか。あたしは、ものすごく、ものすごーくわるい子《こ》なんだから！　自分《じぶん》が、そんな、ものすごく、どうしようもなく、ひどくいけない子《こ》だと思《おも》うと、気分《きぶん》がすっとしました。ラモーナは、両足《りょうあし》をそろえて、同時《どうじ》にかべをけりました。ドン！　ドン！　ドン！　自分《じぶん》のしていることがいけないなんて、これっぽっちも思《おも》いませんでした。思《おも》うもんですか。ぜったいに！　ぜったいに！　ぜったいに！

「ラモーナ！」おとうさんの声《こえ》は、おどかすようなひびきがこもっていました。「おとうさんにそこへ来《き》てもらいたいのか？」

ラモーナは、一瞬《いっしゅん》けるのをやめて、考《かんが》えました。おとうさんに、へやに入《はい》ってきてもらいたいかって？ いいえ、いやです。

おとうさんも、おかあさんも、だれも、小《ちい》さい妹《いもうと》であることがどんなにつらいことか、けっしてわかってくれません。ラモーナは、自分《じぶん》がこうさんしたわけではないことをしめすために、もう四、五回《かい》、かべをけりました。それから、ベッドに横《よこ》になったまま、ありとあらゆる、おそろしい、わるいことを考《かんが》えました。やがて、おかあさんが入《はい》ってきて、だまったまま、ラモーナの服《ふく》をぬがせ、パジャマに着《き》がえさせて、ベッドに入《い》れてくれました。ラモーナは、すっかりくたびれて、へとへとになっていたので、明《あ》かりが消《け》されたとたん、すぐねむってしまいました。どっちにしても、その晩《ばん》は、歯《は》の妖精《ようせい》は来《く》るはずがないのですから、起《お》きていなければならない理由《りゆう》は、何《なに》もないのでした。

次《つぎ》の朝《あさ》、おかあさんは、女《おんな》の子《こ》たちのへやへ入《はい》ってきて、きびきびした調子《ちょうし》で、

「ラモーナ、きょうは、どの服着《ふくき》ていくの?」と、ききました。

口《くち》の中《なか》の歯《は》がぬけたあとと、ベッドの横《よこ》のかべについたくつのあとは、ラモーナに、きのうのことを思《おも》いださせました。

「あたし、学校行《がっこうい》かない。」ラモーナはそういうと、うちで着《き》るふだん着《ぎ》のほうに手《て》をのばしました。

ビーザスは、ぱりっとアイロンのあたった学校用《がっこうよう》の服《ふく》を着《き》ました。

おそろしい一日《にち》が、始《はじ》まりました。朝《あさ》ごはんのとき、だれも、ほとんど口《くち》をききませんでした。かぜのなおったハーウィが、さそいにきましたが、そのまま、一人《ひとり》で学校《がっこう》に行《い》きました。ラモーナは、近所《きんじょ》の子《こ》どもたちが、一人《ひとり》のこらず学校《がっこう》へ行《い》くのを、じっと見《み》おくりました。そして、通《とお》りがしずかになってしまうと、へやにもどってテレビをつけました。

「学校《がっこう》へ行《い》かない子《こ》は、テレビなんか見《み》られません。」

そういって、おかあさんが、パチンとスイッチをきりました。

おかあさんも、わかっていないんだ、とラモーナは思《おも》いました。ラモーナだって、学校《がっこう》に行《い》きたいのです。この世《よ》のどこよりも、ラモーナは、学校《がっこう》に行《い》きたいと思《おも》いました。でも、先生《せんせい》が、自分《じぶん》のことがすきでない以上《いじょう》、学校《がっこう》にもどるわけにはいきません。ラモーナは、だれかがかわりにかたづけてくれていたクレヨンを出《だ》して、何《なに》かかくことにしました。ラモーナは、BIRD《バード》（小鳥《ことり》）をかきました。それから、それとならべて、CAT《キャット》（ネコ）と、BALL《ボール》（ボール）をかきました。そのあとで、赤《あか》いクレヨンで、ネコに×じるしをつけました。小鳥《ことり》やボールと同《おな》じ字《じ》で始《はじ》まらないからです。それがすむと、今度《こんど》は、紙全体《かみぜんたい》にラモーナ式《しき》のQ《キュー》を書《か》きました——耳《みみ》とひげをつけて。

おかあさんは、ラモーナのことを、かわいそうだとは思《おも》ってくれませんでした。

「セーター着《き》てらっしゃい、ラモーナ。おかあさん、ショッピングセンターまで行《い》かなくちゃならないから」と、おかあさんはいいました。

歯《は》の妖精《ようせい》に、十セントもらっていればなあ、とラモーナは思《おも》いました。

それからあとは、ラモーナの一生《いっしょう》のうちで、いちばんたいくつな朝《あさ》でした。ラモーナは、ビーザスのソックスや、ボタンや糸《いと》、お買《か》い得品《どくひん》になっていたまくらカバー、電気《でんき》ワッフル焼《や》き器《き》につける新《あたら》しいコード、ラモーナのための画用紙《がようし》、それに、ドレスの型紙《かたがみ》などを買《か》うおかあさんのあとについて、のろのろとショッピングセンターの中《なか》を歩《ある》きまわりました。型紙《かたがみ》をきめるところが、なかでも、いちばんたいくつでした。おかあさんときたら、つまらないドレスの型紙《かたがみ》を、何時間《なんじかん》も何時間《なんじかん》も見《み》ているのです。

買《か》いものを始《はじ》めるとき、おかあさんは、ラモーナに、

「お店《みせ》の中《なか》のものを、かってにさわっちゃいけませんよ」と、いいました。しばらくすると、

「ラモーナ、さわっちゃいけないっていったでしょ」と、いいました。型紙《かたがみ》の売《う》り場《ば》に来《き》たときには、

「ラモーナ、さわっちゃいけないって、いったい何回《なんかい》いったらわかるんですか」と、いいました。

おかあさんが、やっと型紙《かたがみ》をえらんで、店《みせ》を出《で》ようとしたところ、入《い》り口《ぐち》で、ばったり、人《ひと》もあろうに、近所《きんじょ》のウィッサーさんのおばさんに会《あ》いました。

「あら、まあ、こんにちは！」と、ウィッサーさんのおばさんは大《おお》きな声《こえ》でいいました。「あら、ラモーナもいっしょじゃないの！　あなたのような大《おお》きい子《こ》は、学校《がっこう》に行《い》っているのかと思《おも》ったのに。」

ラモーナは、だまっていました。何《なに》もいうことがなかったからです。

「あなた、お年《とし》いくつでしたっけ？」と、ウィッサーさんのおばさんはたずねました。

ラモーナは、だまったまま、指《ゆび》を五本《ほん》、おばさんの前《まえ》につきだしました。

「五《いっ》つ！」ウィッサーさんのおばさんは、わざとらしい大声《おおごえ》でいいました。「どうしちゃったの？　ニャンコに舌《した》もっていかれちゃったの？」

ラモーナは、ネコに舌《した》をとられたわけではないことをしめすために、おばさんの前《まえ》に、べーっと舌《した》をつきだしました。

ウィッサーさんのおばさんは、息《いき》をのみました。

「ラモーナ！」おかあさんは、つくづくやりきれないというようにいいました。「どうも、ほんとに失礼《しつれい》いたしました、ウィッサーさん。ラモーナは、お行儀《ぎょうぎ》を、どこかへわすれてきたらしいですわ。」

おわびのことばのあと、おかあさんは、ラモーナに向《む》かって、腹《はら》だたしそうにいいました。

「ラモーナ・ジェラルディン・クインビー。二度《にど》と人《ひと》さまの前《まえ》で、そんなまねしたら、しょうちしませんからね！」

「けど、ママ。」ラモーナは、駐車場《ちゅうしゃじょう》のほうへひっぱられていきながら抗議《こうぎ》しました。

「おばさんがきいたから、だから見《み》せてあげただけじゃ——。」

おしまいまでいう必要《ひつよう》はありませんでした。おかあさんは聞《き》いていませんでした。

たとえ聞《き》いたとしても、たぶんラモーナの気持《きも》ちは、わかってくれなかったでしょう。

ラモーナがうちへ帰《かえ》りつくころ、ちょうど下校時間《げこうじかん》で、午前組《ごぜんぐみ》の生徒《せいと》が、歩道《ほどう》をぞろぞろやってくるのとすれちがいました。みんな、その日《ひ》のお勉強《べんきょう》の紙《かみ》を持《も》っていました。うちに帰《かえ》っておかあさんに見《み》せるためです。ラモーナは、見《み》つからないように自動車《じどうしゃ》の中《なか》に身《み》をかがめました。

その午後《ごご》、ビーザスが、うちで遊《あそ》ぶことになったメリージェインをつれてきました。

「きょう、幼稚園《ようちえん》はどうだった、ラモーナ？」と、メリージェインは、いやに明《あか》るい調子《ちょうし》でききました。

その口調《くちょう》からいって、メリージェインが、ラモーナがきょう幼稚園《ようちえん》に行《い》かなかったことをちゃんと知《し》っていることがわかりました。

「うるさいわね。ほっといてよ」と、ラモーナはいいました。

「きっとヘンリー・ハギンズは、幼稚園《ようちえん》も卒業《そつぎょう》してないような子《こ》とは、結婚《けっこん》したくないっていうと思《おも》うわ」と、メリージェインがいいました。

「ねえ、この子《こ》からかうのやめてよ」と、ビーザスがいいました。

ビーザスは、自分《じぶん》ではけっこう妹《いもうと》のことをわらうくせに、よその人《ひと》が妹《いもうと》のことをわらうと、すぐかばおうとするのでした。

ラモーナは、外《そと》へ出《で》て、一《ひと》つ車輪《しゃりん》のとれたかしげた三輪車《さんりんしゃ》に乗《の》り、車庫《しゃこ》の前《まえ》の道《みち》をしばらく乗《の》りまわしたあと、前輪《ぜんりん》のスポークにおりこんであったビネー先生《せんせい》の赤《あか》いリボンを、悲《かな》しそうにはずしました。

二日《ふつか》めの朝《あさ》、おかあさんは、ラモーナの洋服入《ようふくい》れから、だまってワンピースをとりだしました。

「あたし、学校《がっこう》へ行《い》かないよ」と、ラモーナはいいました。

「ラモーナ、おまえ、ほんとうに、いつまでも学校《がっこう》に行《い》かないつもり?」と、おかあさんは、くたびれたようにききました。

「ううん。」

おかあさんは、にっこりしました。

「そう、おりこうさん。じゃあ、きょうから行《い》くことにしましょう。」

ラモーナは、うちで着《き》るふだん着《ぎ》のほうに手《て》をのばしました。

「だめ。あたし、ビネー先生《せんせい》が、あたしのことすっかりわすれてしまうまでは、学校《がっこう》に行《い》かないの。それからだったら、学校《がっこう》に行《い》っても、先生《せんせい》、あたしのこと、だれかべつの子《こ》だと思《おも》うでしょ。」

おかあさんは、ため息《いき》をついて、首《くび》を横《よこ》にふりました。

「ラモーナ、ビネー先生《せんせい》は、おまえのことわすれたりなさいませんよ。」

「わすれるよ」と、ラモーナはがんばりました。「長《なが》いこと休《やす》んだら、わすれるよ。」

登校《とうこう》とちゅうの大《おお》きい子《こ》どもたちが、ラモーナの家《いえ》の前《まえ》を通《とお》りながら、「さぼり！」と、どなっていきました。

一日《にち》は、ラモーナにとって、たまらなく長《なが》く思《おも》われました。ラモーナは、自分《じぶん》で勉《べん》強《きょう》を少《すこ》しして、そのあと、ただうちの中《なか》をぶらぶらしながら、くちびるをきゅっとむすんだまま、舌《した》を、歯《は》のぬけたすきまから出《だ》したりひっこめたりしていました。

その晩《ばん》、おとうさんが、

「うちのおじょうちゃんは、ちっともわらわんねえ」と、いいました。

ラモーナは、歯《は》のぬけたところを見《み》せないように、くちびるをかたくむすんだまま、ちょっとだけわらってみせました。そのあとになって、ラモーナは、おとうさんがおかあさんに、

「いいかげんに、このばかばかしいまねをやめさせたらどうだ」とかなんとかいい、おかあさんが、

「ラモーナが、自分《じぶん》から、お行儀《ぎょうぎ》をよくするって決心《けっしん》しないことには、どうにもなりませんわ」とかなんとかいっているのを聞《き》きました。

ラモーナは、ぜつぼう的《てき》な気持《きも》ちになりました。だれも、わかってくれないのです。

ラモーナは、お行儀《ぎょうぎ》よくしたいと思《おも》っていました。寝室《しんしつ》のかべを、かかとでバンバンけったときはべつですけれど、それ以外《いがい》は、いつでも、お行儀《ぎょうぎ》よくしたいと思《おも》ってきました。どうして、みんなは、ラモーナの気持《きも》ちをわかってくれないのでしょう。そもそもスーザンの髪《かみ》の毛《け》に最初《さいしょ》にさわったのは、それがあんまりきれいだったから、ただそれだけのことです。そして、最後《さいご》の場合《ばあい》は——あのときは、スーザンが、あんまりえらそうにしたから、髪《かみ》くらいひっぱってやってちょうどよかったのです。

間《ま》もなく、ラモーナは、近所《きんじょ》のほかの子《こ》どもたちが、ラモーナの落《お》ちこんだこの苦《く》境《きょう》に、なみなみならぬかんしんをもっていることを発見《はっけん》しました。

「おまえ、なんで学校行《がっこうい》かなくてすむんだ？」と、その子《こ》たちはききました。

「ビネー先生《せんせい》が、来《こ》なくていいっていうんだもん」と、ラモーナはこたえました。

「どう、きょうは幼稚園《ようちえん》、おもしろかった？」メリージェインは、毎日《まいにち》、ラモーナがうちにいたことを知《し》らないみたいに、そうききました。その手《て》にのるもんか……ラモーナは、つんとして、返事《へんじ》もしてやりませんでした。

ところが、本人《ほんにん》にはまったくその気《き》がないのに、ラモーナを死《し》ぬほどびっくりさせた人物《じんぶつ》がありました。それは、ヘンリー・ハギンズでした。

ある日《ひ》の夕《ゆう》がた、ラモーナが、うちの前《まえ》で、かしいだ二輪《りん》の三輪車《さんりんしゃ》をこいでいるところへ、ヘンリーが自転車《じてんしゃ》に乗《の》って、『ジャーナル』を配達《はいたつ》しにやってきました。ヘンリーは、クインビー家《け》の前《まえ》で、新聞《しんぶん》をまくために、かた足《あし》を歩道《ほどう》について止《と》まりました。

「よう、おまえの三輪車《さんりんしゃ》、ちょっとしたもんだな」と、ヘンリーはいいました。

「これ、三輪車《さんりんしゃ》じゃないよ」と、ラモーナは威厳《いげん》をもってこたえました。「車輪《しゃりん》が二《ふた》つだもん、自転車《じてんしゃ》だよ。」

ヘンリーは、にやっとわらって、クインビー家《け》の玄関《げんかん》の段《だん》だんのところに、新聞《しんぶん》を投《な》げました。

「おまえ、学校《がっこう》を長期無断欠席《ちょうきむだんけっせき》してんのに、なんで補導員《ほどういん》につれていかれないんだ？」

と、ヘンリーはききました。

「補導員《ほどういん》って？」と、ラモーナはききました。

「学校《がっこう》をさぼって休《やす》んでるやつを、さがしだして、つかまえる人《ひと》だよ」というのが、ヘンリーが不用意《ふようい》にあたえたこたえでした。そして、ヘンリーは、そのまま、ペダルをふんで行《い》ってしまいました。

補導員《ほどういん》というのは、そうすると、野犬捕獲員《やけんほかくいん》のようなものかもしれません。グレンウッド小学校《しょうがっこう》にも、運動場《うんどうじょう》に、あんまり犬《いぬ》がたくさんいると、捕獲員《ほかくいん》が来《き》ます。その人《ひと》は、投《な》げなわで、犬《いぬ》をつかまえるのです。ラモーナは、一度《いちど》、その人《ひと》が、年《とし》とった、太《ふと》ってよたよたしたバセット犬《けん》をつかまえたところを見《み》たことがあります。その人《ひと》は、犬《いぬ》を自分《じぶん》のトラックの後《うし》ろにほうりこんで、行《い》ってしまいました。

ラモーナは、補導員《ほどういん》とやらにつかまえられて、車《くるま》に乗《の》せられてどこかへつれていかれてはいやだ、と思《おも》いました。そこで、かしいだ「二輪《にりん》」三輪車《さんりんしゃ》を車庫《しゃこ》に入《い》れ、家《いえ》の中《なか》に入《はい》りました。そして、どこへも行《い》かず、カーテンのかげから、ほかの子《こ》どもたちをながめながら、もと歯《は》のあったすきまに、舌《した》を入《い》れたりひっこめたりして時間《じかん》をすごしました。

「ラモーナ、どうしておまえ、そんなにしかめっつらしてるの?」と、おかあさんが、ここ二日《ふつか》ほどつかっている、くたびれたような声《こえ》できました。

ラモーナは、あわてて舌《した》をもとにもどしていいました。

「なにも、しかめっつらなんかしてないよ。」

もうすぐ、歯《は》の妖精《ようせい》がたずねてこないうちに、ここにおとなの歯《は》が生《は》えるでしょう。そうしたら、だれも、ラモーナの歯《は》がぬけたことなんか気《き》がつかないでしまうでしょう。ビネー先生《せんせい》、あの歯《は》、どうしただろう、とラモーナは思《おも》いました。たぶん、すてしまったのでしょう。きっとそうです。

次《つぎ》の日《ひ》の朝《あさ》も、ラモーナは、一列《れつ》に三《みっ》つの絵《え》をかき、二《ふた》つに丸《まる》をつけ、一《ひと》つを消《け》しました。けれども、時間《じかん》はなかなかたたず、さびしくてたまりませんでした。あんまりさびしかったので、いっそのこと幼稚園《ようちえん》にもどろうか、と考《かんが》えたくらいです。でも、そこでひっかかるのがビネー先生《せんせい》のことでした。ビネー先生《せんせい》は、ラモーナがすきではないのです。だから、ラモーナがもどっても、よろこんでくれないにちがいありません。ビネー先生《せんせい》が自分《じぶん》のことをわすれるまでには、もっともっと長《なが》いこと待《ま》たなければならない、とラモーナは思《おも》いました。

「いつになったら、ビネー先生《せんせい》、あたしのことわすれると思《おも》う?」と、ラモーナは、おかあさんにききました。

おかあさんは、ラモーナの頭《あたま》のてっぺんにキスして、

「さあ、はたしてわすれるかどうか」と、いいました。「わすれないでしょうね、生《い》きてるかぎりは、けっして。」

こうなると、事態《じたい》はぜつぼう的《てき》でした。その日《ひ》のお昼《ひる》、スープとサンドイッチと、生《なま》のニンジンの前《まえ》にすわったラモーナは、ぜんぜん食欲《しょくよく》がありませんでした。ニンジンをちょっとかじってみましたが、どういうわけか、かむのにひどく時間《じかん》がかかりました。このとき、玄関《げんかん》のチャイムが鳴《な》りました。ラモーナは、かむのをやめました。胸《むね》がドキドキしはじめました。もしかしたら補導員《ほどういん》だ。とうとう補導員《ほどういん》があたしをつかまえにきたんだ。そいで、トラックの後《うし》ろに入《い》れてつれていくんだ。にげだして、どこかへかくれなきゃ……。

「あーら、ハーウィじゃないの!」という、おかあさんの声《こえ》が聞《き》こえました。ああ、助《たす》かった。補導員《ほどういん》じゃなかったんだ。ハーウィだったんだ。ラモーナは、ほっとして、またニンジンをかじりました。

「お入《はい》んなさい、ハーウィ」と、おかあさんがいいました。「ラモーナ、今《いま》ごはん食《た》べてるのよ。あなたも、うちで、スープとサンドイッチ食《た》べていかない? おばさん、

おかあさんに電話《でんわ》かけて、そうしてもいいかってきいてあげるわ。」

ラモーナは、ハーウィが、ごはん食《た》べていってくれるといいな、と思《おも》いました。それほどさびしかったのです。

「ぼく、ラモーナに手紙《てがみ》持《も》ってきただけだよ」と、ハーウィはいいました。

ラモーナは、とびあがって、テーブルからはなれました。

「手紙《てがみ》？　あたしに？　だれか

ら？」

それは、ここ何日《なんにち》かの間《あいだ》に、はじめておこった、おもしろいできごとでした。

「知《し》らないよう。ビネー先生《せんせい》が、これ、きみにわたしてきなさいって」と、ハーウィはいいました。

ラモーナは、ハーウィの手《て》から、ふうとうをひったくりました。すると、どうでしょう、ふうとうの上《うえ》に、ちゃんとラモーナと書《か》いてあるじゃありませんか。

「おかあさん、読《よ》んであげましょう」と、おかあさんがいいました。

「あ、い、いあたしの手紙《てがみ》だあ。」ラモーナはいって、ふうとうをやぶりました。中《なか》の手紙《てがみ》をひっぱりだしたとき、二《ふた》つのことがすぐ目《め》にとまりました。一《ひと》つは、紙《かみ》の上《うえ》のほうに、ラモーナの歯《は》がセロハンテープでとめてあること。もう一《ひと》つは、いちばんはじめの一行《ぎょう》は、自分《じぶん》にも読《よ》めるということでした。だって、手紙《てがみ》のはじめは、相手《あいて》の名《な》まえにきまっているからです。

「ラモーナ  さま」のあと、二行《ぎょう》、字《じ》がありましたが、それは、ラモーナには読《よ》めませんでした。

「ママ！」ラモーナは、うれしくてたまらなくなってさけびました。

ビネー先生《せんせい》は、ラモーナの歯《は》をすてていませんでした。それに、ラモーナのＱ《キュー》に耳《みみ》とひげをかいてくれました。ラモーナがＱ《キュー》を書《か》く書《か》きかたがすきなのですから、きっとラモーナのこともすきにちがいありません。けっきょく、まるっきりのぞみがないわけじゃなかったのです。

「あら、ラモーナ！」おかあさんは、びっくりしました。「おまえ、歯《は》がぬけたのね！いつぬけたの？」

「学校《がっこう》で」と、ラモーナはいいました。「それ、ここにあるの！」

ラモーナは、手紙《てがみ》を、おかあさんの前《まえ》でふってみせました。それから、いっしょうけんめいそれを調《しら》べてみました。ビネー先生《せんせい》の書《か》いたことを、自分《じぶん》で読《よ》めたらどんなにいいだろう、と思《おも》ったのです。

「『ラモーナ、Q《キュー》さま、ここに、あなたの歯《は》を入《い》れておきます。歯《は》の妖精《ようせい》が、一ドル持《も》ってきてくれるといいですね。先生《せんせい》は、あなたがいないとさびしいです。早《はや》く幼稚《ようち》園《えん》に帰《かえ》ってきてください。愛《あい》とキスをおくります、ビネー』って書《か》いてあるのよ。」

おかあさんは、わらって、手《て》をのばしながら、

「おかあさんが読《よ》んであげますよ」と、いいました。

ラモーナは、手紙《てがみ》をわたしました。もしかしたら、手紙《てがみ》は、今《いま》、読《よ》むふりをしたのとそっくり同《おな》じことばではないかもしれません。でも、内容《ないよう》は、きっと同《おな》じにちがいない、とラモーナは思《おも》いました。

「『ラモーナ、Q《キュー》さん、』」と、おかあさんは読《よ》みはじめました。そして、「あら、先生《せんせい》、Q《キュー》の字《じ》を、おまえが書《か》くように書《か》いてらっしゃるわ」と、いいました。

「早《はや》く、その次《つぎ》」と、ラモーナはせきたてました。手紙《てがみ》が、ほんとうはなんと書《か》いて

あるのか、知《し》りたくてうずうずしました。

おかあさんは、つづけました。

「『あなたに歯《は》をわたすのをわすれていて、ごめんなさい。でも、歯《は》の妖精《ようせい》は、きっとわかってくれると思《おも》いますよ。いつから幼稚園《ようちえん》に来《き》ますか？』」

ラモーナは、歯《は》の妖精《ようせい》がわかってくれようと、くれまいとそんなことはかまいませんでした。ビネー先生《せんせい》がわかってくれたら、ほかのことはどうでもいいのです。

「あしたよ、ママ！　あたし、あしたから幼稚園《ようちえん》行《い》くんだ！」と、ラモーナはさけびました。

「おりこうさん！」おかあさんはそういって、ラモーナをだきしめました。

「あしたはだめだよ」と、ゆうずうのきかないハーウィがいいました。「あしたは、土《ど》曜《よう》だもの。」

ラモーナは、あわれむような目《め》でハーウィを見《み》ました。けれども、すぐこういいました。

「ね、うちでごはん食《た》べていきなさいよ、ハーウィ。きょうは、ツナのサンドイッチじゃないわよ。ピーナッツバターとジャムなの。」

学校《がっこう》――初《はじ》めての社会体験《しゃかいたいけん》

クリッキタット通《どお》りに住《す》む元気《げんき》な、ふつうの子《こ》どもたち。そのひとり、ヘンリー・ハギンズを主人公《しゅじんこう》にした Henry Huggins（日本語《ご》版《ばん》の題《だい》は『がんばれヘンリーくん』）が出版《しゅっぱん》されたのは、一九五〇年のことでした。わたしが、それを初《はじ》めて読《よ》んだのは、一九六二年《ねん》、アメリカの図書館《としょかん》で、児童図書館員《じどうとしょかんいん》として働《はたら》きはじめたときのことでした。子《こ》どもたちに圧倒的《あっとうてき》な人気《にんき》があって、図書館《としょかん》の棚《たな》にじっとしている暇《ひま》もないヘンリーくんシリーズを、わたしも子《こ》どもたちといっしょに、わくわくしたり、大笑《おおわら》いしたり、胸《むね》がきゅんとなったりしながら、大《おお》いにたのしみました。そして、どうしてもこのおもしろい本《ほん》を日本の子《こ》どもたちにも読《よ》んでもらいたいと思《おも》って、帰国後《きこくご》、翻訳《ほんやく》に取《と》り組《く》むことになったのです。幸《さいわ》い、学習研究社《がくしゅうけんきゅうしゃ》が出版《しゅっぱん》を引《ひ》き受《う》けてくださり、わたしとヘンリーくんたち、また、学習研究社《がくしゅうけんきゅうしゃ》とのながいおつきあいがはじまりました。

『ラモーナは豆台風《まめたいふう》』は、このシリーズのなかで、ラモーナが主人公《しゅじんこう》になった最初《さいしょ》の本《ほん》です。その前《まえ》の『ビーザスといたずらラモーナ』で、おねえさんを困《こま》らせる〝どうしようもない〃（そういうと、ラモーナにはしかられそうですが）妹《いもうと》として、その存在感《そんざいかん》を十分《じゅうぶん》印象《いんしょう》づけたラモーナですが、この本《ほん》のなかでは五歳《さい》になり、学校《がっこう》に行《い》きはじめます。学校《がっこう》といっても、ラモーナが通《かよ》うのは、学校《がっこう》のなかにある幼稚園《ようちえん》です。この点《てん》は、日本の読者《どくしゃ》の方々《かたがた》にはちょっと理解《りかい》しにくいかもしれませんね。

学校《がっこう》へ通《かよ》う日《ひ》をたのしみに、たのしみに待《ま》っていたラモーナですが、学校《がっこう》は、ラモーナが予想《よそう》していたような、たのしいだけの場所《ばしょ》ではありませんでした。ラモーナは、これまで自分《じぶん》の思《おも》いを通《とお》すために、ときとして〃ひっくりかえってものすごい声《こえ》でわめきたてる〃という実力行使《じつりょくこうし》を行《おこな》ってきました。家庭《かてい》ではたいてい成功《せいこう》したこの手段《しゅだん》も、学校《がっこう》では無言《むごん》の圧力《あつりょく》――先生《せんせい》とクラス全員《ぜんいん》にじーっと見《み》つめられる――に押《お》されて実行《じっこう》できません。

どの子《こ》にとっても、社会生活《しゃかいせいかつ》の初体験《はつたいけん》となる学校《がっこう》は、家族《かぞく》に守《まも》られ、百パーセントその存在《そんざい》が認《みと》められている家庭《かてい》からの大《おお》きな飛躍《ひやく》です。人《ひと》一倍《ばい》エネルギーがあり、独創力《どくそうりょく》のあるラモーナにとって、これはなかなかの試練《しれん》です。学校生活第《がっこうせいかつだい》一歩《ぽ》にしてはや前途多難《ぜんとたなん》が予想《よそう》されます。（続刊《ぞくかん》をおたのしみに！）きっとこれを読《よ》む多《おお》くの方《かた》が、程度《ていど》の多少《たしょう》はあれ、「そうそう」「わかるわかる」「ぼく（わたし）とおんなじ」と、ラモーナに共感《きょうかん》し、ラモーナを、ほんとうの親友《しんゆう》と同《おな》じように、大事《だいじ》なお友《とも》だちにしてくださることでしょう。

二〇一二年五月

松《まつ》岡《おか》享《きょう》子《こ》

■作者紹介　ベバリイ・クリアリー　（一九一六〜二〇二一）

一九一六年米国オレゴン州の小さないなか町に生まれ、六歳のときポートランドに移り、高校卒業までそこで過ごした。カリフォルニア大学を卒業後、さらにワシントン大学で図書館学を学び、一九四〇年に結婚するまで、ワシントンのヤキマで児童図書館員として働いた。結婚後も、第二次大戦中は陸軍病院の図書館で働くなど図書館員としての十分な経験をつんだ。

長い間子どもの本を扱ううち、クリアリーは、子どもの本について一つの不満を持つようになった。それは、子どもの本といえば、ふだんの子どもたちの生活からは程遠い世界を描いたものが多く、ふつうの子どもたちのことを描いた、ゆかいな物語が少ないということだった。そこで、現実の子どもの生活をありのままに描いた物語の必要を痛感し、児童図書館員として子どもに接した豊富な経験を生かして、子どもの本の創作の道にはいった。

第一作が、一九五〇年発表の「がんばれヘンリーくん」で、たちまち子どもたちの間でひっぱりだこになり、続いて、「ヘンリーくんとアバラー」「ヘンリーくんとビーザス」「ラモーナは豆台風」などを書いた。このヘンリーくんとラモーナの一連の物語、十四作品は約半世紀にわたって書きつづけられた。一九七五年にアメリカ図書館協会のローラ・インガルス・ワイルダー賞を、一九八〇年にカトリック図書館協会のレジーナ賞を受賞した。

■画家紹介　**ルイス・ダーリング**（一九一六〜一九七〇）

一九一六年米国コネティカット州に生まれ、高校卒業後、ニューヨークにでて絵を学んだ。はじめ商業美術の方面に進んだが、さし絵画家の友人のピンチヒッターとして絵をかいたことがきっかけとなって、さし絵画家の道を歩むようになる。まもなく子どもの本のさし絵もかくようになり、それだけではあきたらず、自分でも本を書くようになった。生物学にも興味をもち、妻が動物学者であることから、自然科学関係の本も多く手がけた。主な作品に、「大きなたまご」（バタワース著）「科学を学ぼう」（レオナード著）のさし絵のほか、妻との共著の「カメ」（福音館書店）などがある。

■訳者紹介　**松岡享子**（一九三五〜二〇二二）

一九三五年神戸に生まれ、神戸女学院大学英文科、慶應義塾大学図書館学科を卒業後、一九六一年に渡米。ウェスタンミシガン大学大学院で児童図書館学を学んだ後、ボルチモアの市立図書館に勤務。一九六三年帰国後、大阪市立中央図書館を経て、自宅で家庭文庫を開き、児童文学の翻訳、創作、研究を続けた。一九七四年に石井桃子氏らと公益財団法人東京子ども図書館を設立。二〇一五年、同館の名誉理事長に就任。そのほか、一九九二年、一九九四年に国際アンデルセン賞選考委員などを歴任。「ラモーナとあたらしい家族」で二〇〇四年度国際児童図書評議会ＩＢＢＹオナーリスト（優良作品　翻訳部門）に選ばれた。創作には「なぞなぞのすきな女の子」「じゃんけんのすきな女の子」（Ｇａｋｋｅｎ）「おふろだいすき」「くしゃみくしゃみ天のめぐみ」（福音館書店）、翻訳には「しろいうさぎとくろいうさぎ」「くまのパディントン」シリーズ（福音館書店）、「ゆかいなヘンリーくん」シリーズ（Ｇａｋｋｅｎ）など多数。

生《い》き生《い》きとえがいた、ロングセラー。

ゆかいなヘンリーくんシリーズ

ベバリイ・クリアリー作　松岡享子訳

がんばれヘンリーくん

●ヘンリーくんは、街角《まちかど》でやせこけた犬《いぬ》を拾《ひろ》い、こっそりバスに乗《の》せて家《いえ》までつれて帰《かえ》ろうとしましたが、犬《いぬ》があばれて大《おお》さわぎに……。

ヘンリーくんとアバラー

●ヘンリーくんの飼《か》い犬《いぬ》アバラーは、ネコを追《お》いかけたり、パトカーから警官《けいかん》のおべんとうを持《も》ってきたり、行《ゆ》くさきざきでさわぎをおこします。

ヘンリーくんとビーザス

●友《とも》だちが新品《しんぴん》の自転車《じてんしゃ》をかっこよく乗《の》りまわすのを見《み》て、ヘンリーくんは自転車《じてんしゃ》がほしくなりました。なんとしても、お金《かね》をためなければ……。

ラモーナは豆台風《まめたいふう》

●幼稚園《ようちえん》に通《かよ》うラモーナは、もうあかちゃんあつかいはごめんとばかり、大《おお》はりきり。ところが、第《だい》一日《にち》めから、思《おも》いどおりにいかないのです。

ゆうかんな女《おんな》の子《こ》ラモーナ

●元気《げんき》なラモーナが、小学校《しょうがっこう》にあがります。でも、はりきって出《で》かけた、入学第《にゅうがくだい》一日《にち》めから、さわぎをおこしてしまいました……。

ラモーナとおとうさん

●ラモーナのすきな日《ひ》は、クリスマスと、自分《じぶん》の誕生日《たんじょうび》と、おとうさんの給料日《きゅうりょうび》です。給料日《きゅうりょうび》には、何《なに》かいいことがあるからです。でも……。

アメリカの男《おとこ》の子《こ》、女《おんな》の子《こ》の生活《せいかつ》を

ビーザスといたずらラモーナ

●ヘンリーくんの友《とも》だち、ビーザスのなやみは妹《いもうと》のラモーナです。ラモーナは、次《つぎ》からつぎへといたずらを思《おも》いつき、ビーザスをわずらわせ……。

ヘンリーくんと新聞配達《しんぶんはいたつ》

●新聞《しんぶん》をキュッとしごいてポーンと玄関《げんかん》に投《な》げこむ――かっこいい新聞《しんぶん》配達《はいたつ》にあこがれて、ヘンリーくんは新聞配達員《しんぶんはいたついん》になろうと決心《けっしん》しました。

ヘンリーくんと秘密《ひみつ》クラブ

●ヘンリーくんは、車庫《しゃこ》をこわしたあとの古材木《ふるざいもく》で小屋《こや》をつくることを思《おも》いつきました。友《とも》だちと三人《にん》で、クラブ小屋《こや》をつくりあげますが……。

アバラーのぼうけん

●ヘンリーくんの飼《か》い犬《いぬ》アバラーが、まいごになってしまいました。さあ、たいへん。アバラーは、無事《ぶじ》、ヘンリーくんのところへもどれるでしょうか。

ラモーナとおかあさん

●「だれも、あたしのこと、すきじゃないんだ」と、ラモーナはみんなが自分《じぶん》をわかってくれない、いらだたしさ、腹《はら》だたしさをかかえています。

ラモーナ、八歳《さい》になる

●クインビー家《け》の将来《しょうらい》はラモーナの肩《かた》にかかっていると、おとうさんはいいます。でも先生《せんせい》には、事件《じけん》をおこす、やっかいな子《こ》だといわれ……。

ラモーナとあたらしい家族《かぞく》

●ハーウィのおじさんが大金持《おおがねも》ちになって、帰《かえ》ってきました。ラモーナのビーおばさんとおじさんは同級生《どうきゅうせい》。二人《ふたり》はたちまち意気投合《いきとうごう》して……。

ラモーナ、明日《あす》へ

●「つづり《スペリング》がめちゃくちゃで、みんながわたしのことわらって……」四年生《ねんせい》になり、つづり《スペリング》の勉強《べんきょう》に四苦《しく》八苦《はっく》のラモーナは……。

NDC933 Cleary, Beverly

ラモーナは豆台風

ベバリイ・クリアリー作　松岡享子訳

Gakken

284p　図　19 cm

原題：RAMONA THE PEST

ラモーナは豆台風《まめたいふう》

1970年12月24日　初版発行
2012年 7 月14日　改訂新版　第 1 刷　2023年 4 月24日　改訂新版　第 2 刷

作者／ベバリイ・クリアリー
画家／ルイス・ダーリング
訳者／松岡享子（まつおか　きょうこ）
表紙デザイン／山口はるみ
発行人／土屋　徹
編集人／代田雪絵
編集協力／五十嵐恵子　今居美月
発行所／株式会社Gakken
〒141-8416 東京都品川区西五反田 2-11-8
印刷所／信毎書籍印刷株式会社

この本に関する各種お問い合わせ先
・本の内容については、下記サイトのお問い合わせフォームよりお願いします。
https://www.corp-gakken.co.jp/contact/
・在庫については　Tel 03-6431-1197（販売部）
・不良品（落丁、乱丁）については　Tel 0570-000577
学研業務センター　〒354-0045 埼玉県入間郡三芳町上富 279-1
・上記以外のお問い合わせは　Tel 0570-056-710（学研グループ総合案内）